KB041879

시작시인선 0160

웜홀 여행법

시작시인선 0160
웜홀 여행법

1판 1쇄 펴낸날 2014년 1월 29일
지은이 이초우
펴낸이 채상우
디자인 정선형
펴낸곳 (주)천년의시작
등록번호 제301-2012-033호
등록일자 2006년 1월 10일
주소 100-380 서울시 중구 동호로27길 30, 510호(묵정동, 대한문화원)
전화 02-723-8668
팩스 02-723-8630
홈페이지 www.poempoem.com
이메일 poemsijak@hanmail.net

ⓒ이초우, 2014, printed in Seoul, Korea

ISBN 978-89-6021-198-8 04810
　　　978-89-6021-069-1 04810(세트)

값 9,000원

웜홀 여행법

이초우 시집

천년의시작

어디에도 정답은 없다는데,
없다는 그 정답 잡으러
고성능 안테나 같은 촉수로,
때론 박쥐처럼 저 먼 곳까지 초음파를
쏘아 대며, 우주의 비밀을 훔치는
허블망원경까지 띄워 놓고,

결과는 그랬다
나만의 근사한 답안이란
조금이라도 다르게, 다른 생각을 해 보려
몸부림친
나의 전리품들이 아닌가 한다

2014년 1월
이초우

차 례

시인의 말

제3부

일러두기

하나의 연이 첫 번째 행에서 시작될 때에는 > 로 표시합니다.

제1부

신의 악기

하이힐은 가락이고 음악이다
주눅 든 일요일 낮 열한 시, 계단은 대리석이다
똑 똑 똑, 단아한 하이힐 목소리 어디로 가는 걸까
무료한 일요일 다가구주택, 갈 곳 없는 사내도
힐 소리를 따라 어디론가 길을 나선다

바라만 보아라 핑크빛 하이힐
얼마나 정교한 여자의 비밀인가
힐의 예술은 여자의 하반신, 탄력 있는 경주마 엉덩이,
그 아래 꼬리처럼 모여진 살색 종아리
여자는 제 힐 소리 들으며 걸을 때 삶이 출렁인다

땅의 건반을 울리는 하이힐, 자꾸만 어디론가
떠나고 싶은 걸까
굽의 모양 따라 음색 다르고
굽의 높이에 따라 음의 고저가 다른 힐 악기

삶이 지겨울 땐 분홍 킬힐을 신고
우아하고 묵직한 대리석 바닥이나 계단을,
무작정 걷거나 오르내려 보는 여자

그냥 앉아만 있던 사물들이 일제히 기지개를 켜고,
하지만
짐이 무겁거나 알코올에 취한 듯 어지러울 땐
가이아 신의 피부에 빗금 소리 상처를 내며 휘청거리는 킬힐,
그럴 땐 킬힐을 버리고
웨지힐로 여신의 어깨를 위무해야 하리라

땅은 가이아 신의 육체
그녀의 은밀한 몸을 형형색색 굽으로 두드려
슬픔도 잠재우고
때론 절정의 쾌감까지 젖게 하는 하이힐
분명 힐은 여자에게만 주어진 신의 악기이다

채석강(彩石江)

우리가 오기 전, 이미 신들이 문자를 만들어
헤아릴 수 없는 이야기 문장으로 남겨
수천만 권 쌓아 둔 저 신의 서재

하얀 구슬 파도 쏴, 하고 부서져 밀려온다
저 파도의 포말, 신이 버무린 글자의 씨앗이 되었고
파도의 주름은 문장의 행이 되었으며
문단을 가른 것은 파도의 질서가 어긋버긋
조용해진 틈새였다는 것

137억 년 전, 대폭발로 인한 우주 기원설, 빅뱅의 원초물
질은 어디에서 왔으며 어떻게 일어났는지,
'호미니드(사람과의 동물)의 출현'이란 신들의 예언서에는
440만 년 전 침팬지에서 나온 한 갈래, '아르디피테쿠스 라미
두스'라는 유인원이 직립보행을 시작하여 인류의 조상이 될
거라고 이미 기록돼 있으며,
성단(星團)과 성단을 단숨에 뚫고 지나갈 '웜홀 여행법'도
기술돼 있다는데,

누가 저 책들 열어 보고 신들의 문자를 해독할 것인가는,

선사시대의 어부 한 사람, 그가

　　꾼 꿈이 해독의 열쇠가 되었으며, 나 역시 그 어부의 꿈이

구전으로 전해 온 것을, 여기 처음으로 밝혔을 뿐.

종소리
―에밀레종

　죽은 아이가 소리 속에서 자랐습니다
　소리를 먹고 자란 그 아이, 진노한 王이 되었다가 때로는 남성 바리톤으로, 때로는 천상의 소프라노였습니다
　64Hz 179Hz 399Hz의 주파수 주기로 노래를 합니다

　소리가 말을 합니다. 소리가 이야기도 하고 역정을 냅니다
　얼마나 좋은 종으로서 할 말이 많았을까요
　금이 가고 깨어지고 유산되고
　34년 만에 태어난 지극정성 그 종,

　맑은 하늘에
　해가 둘이 떠 열흘 동안 지지 않았습니다. 진노한 왕의 일괄, 태산 무너지는 그 소리 당목(撞木)이 종을 때리는 타음입니다
　天衣를 두른 두 쌍의 供養飛天人,
　종 아래 항아리 속에서 춤을 추었습니다, 빙빙 돌고 도니 64Hz로 울리는 음성 바리톤이었습니다
　타음 뒤에 이어집니다

　164Hz 소리의 날개에 매달린 그 아이, 다른 성단(星團)

에 있는 어머니를 찾아 날아갑니다. 22톤의 종을 송곳니로 물고

용이 하늘로 치솟아 오르는 소리, 우렁우렁 천공 높이 메아리칩니다. 높고 낮은 맥놀이 이어 가며 어머니에게 다가갑니다

어머니를 만나기 직전, 애끓는 그 목소리 399Hz였습니다

휘날리는 천의에 소리를 달고 공양비천인들,

하늘 높이 가물가물 사라져 갔습니다

그 소리 주름에는 반짝반짝, 수만 조각의 인이 반짝이었습니다

● 부처 앞에 무릎을 꿇어 공양을 올리는 선녀.

연잎 위의 물방울

너는 나에게 숨기려 하지만, 터질 듯 부풀어 있는 네 모습
내가 어제 본 시엔의 누드 '슬픔®'이다 나는 몰랐다만
  입과 코는 벌어진 한 개의 구멍으로 열려 있고, 들이쉰 숨
을 내놓기는커녕 원하지 않은 물의 씨앗을 잉태해 버린 볼록
한 너의 배, 더부룩하기만 하면 금방이라도 내뱉을 배설 기
관을 가진 여자

  물방울은 깨어져야 물방울이다 부서지는 순간은 환생을
위한 깨달음이며 파열되어 찢어지는 물갈래는 투명 꽃잎이다

  참 이상하게도 너의 눈, 눈동자는 없으면서 온몸이 투명한
창이다
  너는 무엇이든 축소 왜곡하여 보기를 좋아한다
  아무래도 너의 눈은 형이상학의 눈이다

  뾰족한 꼬리로 보아 모진 인연을 끊고 탈출한 너의 흔적,
투명 살갗에 새겨 넣은 평화로운 기러기의 행렬, 하강의 불
안함을 더해 준 까마귀 울음소리를 들으며 시엔의 여윈 등
살에 내려앉은 너

>

남루한 옷이라도 의복은 욕심의 근원이다 좌절감에 빠져
들어 웅크리고 있는 시엔의 알몸,

파열되기 직전의 네 영혼이 가장 영롱하고 슬프다

깨지는 것은 물의 산란, 갠지스 강 발원지 고목에 가서 얼
음물에 첨벙대며 내가 목욕을 한다 물의 여신에게 치르는 성
스러운 의식, 너의 증발은 분명 환생의 씨뿌리기이다

●빈센트 반 고흐의 초기 누드 작품.

아프로디테, 자유연상

내가 가야 할 애련리에는, 애련한 내 불륜이 있다

아프로디테 신전 같은 500년생 느티나무, 그녀의 남편은 심한 밭일로 코를 골며 자고 있고, 나는 달빛 우기진 미당에서 우두커니 그녀를 기다린다 단발머리 그녀가 실오라기 하나 걸치지 않고 물끄러미 나를, 귀농자의 아내일까 그녀의 몸매는 도시인이다 황홀한 나는 슬금슬금 다가가 그녀의 눈빛을 더듬고, 둔부와 불두덩, 유두를 간지럽히고, 그러나 그녀 줄곧 쓴웃음만 지을 뿐 쇠붙이처럼 그냥 서 있기만 한다

그날 내가 얼큰히 취해 복도를 지나가는데, 그러나 그냥 지나갈 수가 없었다 나를 불러 세운 단발머리 아프로디테, 한참 동안 자지러진 애련한 눈길 속 그녀 이야기, 근데 그녀의 알 수 없는 시니컬한 미소, 아무래도 그 미소 헤아릴 수 없어 이저리 고개만 젓다가 겨우겨우 잠들었다

눈물의 색깔은 주홍이다

    누가 저 天空을 비어 있다고 말하는가 알고 보면 저 허공 육체의 살이요

    근육이다 천공이 알을 낳은 하루의 일출 아마도 산고의 색상은 주홍이거나 분홍일 거다 내가 태어나기 위해서는

    저 허공의 뼈와 인대, 근육과 살은 통증으로 얼마나 울었을까

    아무렇지도 않았던 창공의 배 속이 요동치고, 뭉게구름 어지럽게 휘휘 돌면 분홍이 밀려오고,

    저 주홍의 빛깔은 사지를 쥐어튼 몸부림의 흔적이요 검붉은 저 물감은 할퀴고 지나간 어머니의 비명 소리 색상이다

    허공의 저 뼈에 새싹이 움트면

    새순은 푸릇푸릇 휘파람새 지저귀는 소리에 자라고, 풀풀 날아간 새들의 길은 핏줄 되어 수액 소리 돌고 돌면, 봄의 허공은 우람한 근육질로 튼실하다

    분홍과 주홍,

    외모는 같으나 성격은 다르다

    하지만 눈물의 색상은 주홍이다 임종이 가까워진 석양 옆에

웅얼웅얼 주홍의 울음소리 진하게 흘러내린다

털

내가 열차 안의 창가에 앉아 동트는 먼 산 바라볼 때다
　산의 능선에 보풀보풀 나 있는 털, 대지의 여신 가이아의 둔부인가
　내 몸의 잔털처럼 서 있는 나무들,
　푸른 창공이 털과 털 사이로 깜박깜박 잘게 지나간다
　넓디넓은 저 하늘 잘게 썰어서 보니, 거친 털 살 되어 얼마나 부드러운지

　잠시 후 화끈 열 오른 그 능선의 하늘, 금세 태양의 신 헬리오스가 둥글게 몸 웅크리고
　붉은 호흡을 하며 둔부의 털 사이로 숨어든다
　금방 몸 내밀 시간인데 아직도 그냥, 갑자기 무쇠 달구는 황금 빛깔로 확 달아오르더니
　촉촉이 털 눕혀 놓고, 시치미를 뗀 헬리오스!
　결가부좌 틀고 앉아
　다보록한 가이아의 능선 한 발짝 위로 둥실 솟구쳐 오른다

　한여름 벌렁 드러누운 네안데르탈인, 제 어깨의 융숭한 털 사이로 푸른 하늘 잘게 쪼개어 보는 맛 얼마나 재미있었을까

달과 까마귀[*]

검푸른 밤하늘 전깃줄에 노랗게 익은 달 하나 열렸습니다
커다란 천도복숭아 하나 두둥실 열렸습니다.
두 개의 전선줄이 가는 달 그냥 못 가게 붙잡고 있습니다
달의 소맷자락을 갈라 전선줄에 살짝 묶어 놓았습니다
다섯 마리 까마귀 눈에
열 개의 작은 천도복숭아가 열렸습니다
깊어 가는 밤 그 작은 복숭아들 노랗게 반짝이었습니다
세 가닥의 전선줄 중 맨 아래 줄은 비워 놓았습니다
위에서 두 번째 줄엔 흔들흔들 어머니가 앉아 계시고요
첫 번째 줄의 두 아이 온갖 재롱 피우며 놀고 있지요
며칠 전 적십자 병동에서 돌아가신 아버지,
만만찮은 거리인데도 지금 막 허겁지겁 날아오셨습니다
아버지의 천도복숭아 두 개는 너무도 눈부셨습니다
디프테리아가 먼저 데리고 가 버린 첫 아들,
제 관 속에 남아 있던 복숭아 하나 물고
막 날아오고 있는 중입니다
오는 모습 돌아본 어머니, 까악까악 어서 오라고
살갑게 손짓하며 불렀습니다
아버지가 넣어 준 그 복숭아, 보름달처럼 토실토실 자랐
습니다

24

오늘 같은 성스러운 잔치 너무도 황홀합니다
다섯 식구들 까만 기다림 이제야 기어이 이루어졌습니다
내가 잠시 눈 돌리고 나면, 저렇게 큰 천도복숭아
아무래도 없어질 것 같아 두렵습니다

● 화가 이중섭의 그림.

네 혼을 삼키려 든 것은

돌담 틈새 아롱아롱 내가 네 안을 들여다본다
네 위장의 음식이 으깨어져
고개 넘어가는 십이지장 그 아래, 거긴
분명 네 안의 허공이 있었어 그 허공에는
전깃줄이 처져 있고, 그 전깃줄에 찌, 찌―, 제비처럼
네가 불안하게 앉아 있었다니까
휙휙 네 몸을 지나가는 바람 떼들, 네가 겨우 읽어 낸 건
바람의 주름쯤이라고,

네 안에는 허공만 있지 않고 씨를 뿌리는 밭고랑이 있고
유유히 흐르는 강물이 있고 바다가 있었어
근데 넌, 씨를 뿌리면서도 숫자만 암송하고 잠시
새참을 먹을 때도 메모지에 자주 1 2 3 4를 뒤섞어 쓰고
신문지 여백에까지 + − × ÷만 셈하고 있었어
네가 급한 일로 밭고랑을 종이 아닌 횡으로 뛰어갈 때였어
애벌레처럼 나뒹굴어 아파 웅크리고 있다 일어설 때
너에게 현기증을 일으킨 건 넓은 밭의 주름들이었다고,

내가 몰래 창문 틈새로 네 안을 빼꼼히 들여다봤어
오르락내리락하는 작은창자와 큰창자 사이, 네 안의 세상

봄 날씨 말이다 밀레의 화폭 '봄'처럼 소나기가 쏟아지다
금세 개이고, 금방 핀 꽃들은 막 지고 있었어
네가 바닷가에 앉아 낚싯대를 드리우고
숨 몰아쉬며 턱을 괴고 묘책을 떠올려 보지만
결국 네 안의 바다, 그 바람의 주름들이
네 혼을 꿀꺽 삼키려 들었어

광고판의 숫자들

신호 대기 중인 차 안이었다 차창으로 뛰어든 화면은 간판
집 LED° 광고, 꽤 긴 띠 하나 톡톡 튀며 이어진다

LED간판전문,

사이다 기포 같은 청정 물속을 기어가는 글자들 연초록 바
탕에 부드럽게 이어지는 고딕체 주황 글자, **명성광고주식회
사 전화 894-4984,** 전화번호 **4984** 차례대로 지나가는데,
또르르또르르 뒹굴어 버린 ***번호 4,***

방범꾼들 호루라기 소리 들리던 자정께였다 그들 따돌리
려 철제 다리 내달리다 받힌 **4자,**

그 좁은 다리 사이의 쇠 파이프, 몇 바퀴나 튕겨 나뒹굴
었던가 무릎인데 파열로 오래오래 낫질 않아, 어머니는 싸구
려 무당과 날 데리고, 동동동 쇠 파이프 신에게 징소리를 울
렸던 그 자리,

그해 이후 내 나이 스물아홉 때, 어머니는 그 징소리 속으
로 떠나시고, 금방 이어진 번호 9 지금의 내 모습인가

기우뚱하다 얼떨떨 일어나 꼿꼿하게 걸어간다

8 자의 코밑에 붙어 있던 나팔, 빠빠빠 흥겹고 요란하다

다시 이어지는 ***번호 4, 또르르 안쓰럽게 뒹군다***

합격자 발표 보러 다급히 뛰다 택시와 충돌, **새 4 자**는

신호등이 날 때려 또 또르르, 5미터 거리로 튕겨 나뒹굴었지

　　지난해 문화도시로 선정된 리버풀, 2008년 1월 11일 8시
18분에 막 올린 기념 축제, 팔팔팔, 또 88————,
　　2008년 8월 8일 저녁 8시 8분, 다섯 개의 8자로 이어지
는 올림픽이 베이징에서 극적으로 개최되었지

●발광 다이오드. 전류가 흐르면 빛을 내는 반도체.

기계들

내가 무심코 인도를 지나가는데
공사장 차들이 길을 가로막았어요
그것도 대로변에서 어으흥 쿡칙―
괴상한 소리에 놀라 귀 기울여 보았지요
레미콘차와 펌프카가 서로 엉덩이를 맞대고
이상한 짓을 하고 있었어요
네 다리 중 앞의 두 다리를 치켜들고
엉덩이를 쭈욱 뺀 채 버티고 앉은 펌프카
그 뒤에 드럼 달린 레미콘차가 길쭉한 슈트*를 내밀어
펌프카의 호퍼** 주머니에 넣고 교미를 하고 있었어요
어흐흥 쿡칙―, 아마 이 소리는 암놈으로 간주되는
펌프카의 교성인 것 같았어요
교성을 질러 대던 펌프카는 외팔 같은 붐대를 뻗어
7층 콘크리트 타설장으로 울컥울컥 분비물을 쏟아 냈어요
빨아들이는 펌프카의 흡입력은 대단했지요
정낭 같은 레미콘차의 드럼,
찔끔찔끔, 채 15분도 걸리지 않는 섹스
그리고 나면 건장한 또 다른 레미콘차가 대기 중이었어요
도대체 저 펌프카는 몇 놈의 수컷과 관계를 하는지
자리를 뜨지 않고 헤아려 봤어요

열세 마리의 수컷과 윤간을 벌인 펌프카, 이제 오늘의 교배로

식도와 기관지, 그리고 우람한 어깨가 만들어지고,

기초부터 옥상 엘리베이터 기계실까지 무려 12회의 정사로

산더미 같은 9층 건물의 옥동자가 태어난대요

이이잉 이이잉, 하고 마지막 오르가슴에 젖은 레미콘차

호퍼 주머니에서 슈트를 빼내고는, 털털 흔들어 털더니

숨긴 듯 감추고 유유히 사라져 갔어요

창백하게 늘어져 있는 펌프카를 보고 혀를 내두른 뒤

나도 갈 길 향해 서둘러 떠났지요

●혼합 콘크리트를 펌프카에 전달해 주는, 홈이 파인 길쭉한 반관.
●●레미콘차로부터 굳지 않은 혼합 콘크리트를 받는 열린 주머니.

지평선
—까마귀가 나는 밀밭*

지평선은 배의 이름 같은 낱말

지평선이란 배 한 척 밀밭 위에 둥둥 떠 있다
그**의 황금 밀밭은 언제나, 파랑이 일거나 기센 풍랑이
일고 있는 바다 자칫하면 배가 뒤집어질 것 같은, 불안이 너
울대는 바다

물결치는 그의 심장 속, 갈매기 같은 까마귀들 날고 있다
그 까마귀는 악령처럼
그의 영혼 발톱으로 할퀴며 날아다니고, 그럴 땐 그 통증
견딜 수 없어 물감 튜브를 초콜릿처럼 빨아먹곤 하는,

황금 밀밭에는 황금 물고기들이 산다 그 물고기들 그냥 두
고 서둘러 떠나가는 갈매기들,
수도 없는 저승사자들 아직도 숨이 남아 있는 그의 영혼 데
리고, 그러나 그에겐 검은 천사들이다
황금 밀밭 이승에 남겨 둔 채 떠나는 그의 혼 우웅 웅, 벌
떼 소리 같은 천사들의 주문 외우는 소리 온 하늘 울려 퍼진
다 그의 혼 호위하며 별을 향해 날아오르는 천사들

>

이 지평선, 부피 큰 허공 하나 싣고 있는 배

이 배의 짐 속엔 잔설 같은 회색 덮힌 검은 산자락이 실려

있고, 뭉실뭉실 구름 무덤도 실려 있다

좌편 어미 까마귀, 홀로 떠 있는 무덤 하나 물고 오른쪽 무덤

곁으로 훨 훨,

징 같은 은빛 별을 타고 가물가물 세차게 회전하며

다음 기항지로 그가 날아오는 소리 감감히 들린다

● 빈센트 반 고흐가 남긴 생의 마지막 그림.
●● 빈센트 반 고흐.

그 호숫가에 머물기 위해

1

꿈틀꿈틀 내가 탄 열차 강을 거슬러 올라갔습니다 시월의 어느 결혼식에 가고 있었어요 강가의 나무들 제 모습 지워질까 두려워 물거울만 내려다보고 있었지요

나는 혼자가 아니었습니다 수도 없는 내가 마라톤 선수들처럼 달리고 있었어요 아늑아늑 수양버들 긴 팔 흔들며 끝까지 완주하라 격려해 주었지요 달리는 내 몸 꼬리처럼 두 발 얄랑이며 헤엄쳐 가는 느낌이었어요 그러나 나는 숨이 가빠 견디기 힘들었어요 도열해 있던 강가의 나무들 간혹 왜가리 모양의 하얀 물병을 군데군데 올려놓곤 했습니다 그러면서 그들 반환점을 가기만 하면 누가 기다리고 있다고, 반환점까지라도 뛰어야 한다고, 그들 외치는 소리 참으로 간곡했습니다.

2

내가 달리는 오늘의 강은 동강(東江)입니다 아마 다음 달 경주엔 서강에서 달리고 있을지 모릅니다

하지만 난 너무 지쳤습니다 의식은 혼미해 자욱한 안개 속을 비틀비틀 뛰고 있었지요 그러면서도 나는 또 다른 나를 앞질러 가기 위해 사력을 다해 뛰었습니다 반환점이었어요 반질반질 윤기 나는 투명 물주머니 하나가 보였어요 나는 그 동그

랗게 생긴 물주머니를 보자마자 머리로 힘껏 들이받아 막을 찢고 뛰쳐 들어갔지요 물주머니 안의 물을 울컥울컥 들이켠 나는 갑자기 둥둥 떠 있는 무의식의 황홀함을 느꼈어요 이젠 이전의 내가 아니었어요 그렇게 많았던 나는 죄다 어디로 갔는지, 돌아 내려오는 내 발길 참 부드럽고 여유로웠습니다 불그스레한 연어 알 같은 내 몸을 쉴 새 없이 굴리며, 나는 강이 도달하는 호숫가에 머물기 위해 하구 쪽으로 자꾸만 미끄러져 내려갔어요 호숫가 작은 집, 나는 그 집을 자꾸만 키워 호수를 가득 메우게 했지요 어느 날 내가 모래톱을 부수고 기어 나가 아장아장 안뜰을 걷기 위해서 말입니다

뒤뜰에 있는 백합처럼*

당신의 집 뒤뜰, 지극히 평범한 뒤란으로
백합은 보이질 않았어요
몹시 흐린 흑백사진 같은 언덕 위의 그 집
울타리 너머 꽤 멀리
광활한 남색 뒤뜰에서 하얀 잎사귀들 제 몸을 말며
백합처럼 굴러 오고,
수병(水兵)이라도 되었을 앳된 당신의 아들,
아스라이 보이는 섬은 병사들을 불렀고
우린 섬에만 피어 있을 때늦은 백합꽃을 보기 위해
정오의 여름을 헤엄쳐 갔지요 절반을 넘어선 위치에서,
이상했어요 온몸을 나부대도 줄지 않는 물의 거리
유혹만 했을 뿐, 섬은 질긴 천 같은 물의 흐름을 휘감고
우릴 쉽게 허락하지 않았어요
안드로베루아!, 그림자 비치는 창문에다
하얀 제복의 장교가 돌 부스러기로 신호를 보내면
금방이라도 뛰쳐나왔을 그녀
그날은 왠지 모습을 드러내지 않았어요
인솔했던 장교는 허리 휘어잡은 물의 유혹을 뿌리치고
백사장으로 돌아가자고 명령했지요
안드로베루아, 잠시 후 당신의 뒤란에는 백합 대신

당신이 떠나기엔 아직 너무 이른
하얗게 덮인 길쭉한 상자 하나 놓여 있었어요
조문이라도 나온 듯한 골목길 차량들,
아직도 남아 있는 당신의 갈 길 이런 걸까요
하얀 눈을 맞으며 몹시 불안하게
무리 지어 일방통행 미끄러져 가고 있었다니까요

● 안드로베루아의 작품. 2003, DVD, 영사, 7분.

제2부

나는 아버지를 본다 (I look at my father)

이 종 빈
135×200×150cm
혼합 재료 mixed media
2002

나는 조각가 이종빈을 모른다 다만 심증이 가는 건 30 전후의 젊은 신예 작가 왜 그가 이런 목 잘린 미리, 윤기 나는 까만 머리카락의, 몸통 없는 두상만 전시실 바닥에 모로 눕혀 놓았는지 알 길이 없다 관람자들의 의문은 대단했다 시간이 지날수록 의혹으로 번져, 이구동성 그의 깔끔한 잔인성에 대해 혀를 내둘렀다 나는 그의 비밀을 찾아내려 수사관으로 가장, 그의 뇌 속을 잠입해 보기로 작정했다

그의 뇌신경 회로, 여느 사람들과 다를 바 없이 거미줄같이 복잡했다 나는 그의 소뇌 회로 속을 돌아다니다 동네 사람들에게 이런 말을 들었다 아직도 가시지 않은 I.M.F 여파, 그의 아버지 나이 45세, 그렇게도 모범적인 아버지가 정리해고를 당했을 때, 속마음과는 달리 아버지의 표정이 너무나 평화로워, 잊을 수가 없는 고교 3년 때의 일로, 비정하게 아버지의 목을 잘라 내놓게 됐다는 이야기였다

그가 저지른 사연을 캐기 위해 내가 그의 우뇌(右腦) 혈관을 타고 돌 때였다 동네 비밀이라고는 다 알고 있는 한 점술가

에게 접근, 그의 이야기를 듣게 됐다 놀랍게도 그의 아버지 전생의 이야기였다 만석꾼 집안 만학도로 일본 유학 당시, 항일 투쟁에 앞장섰고, 흐트러짐 없는 정갈한 얼굴, 금방 이발관에서 문 열고 나온 단정한 아버지의 모습, 그러나 왜군 앞잡이에게 밀고 당해 그만 어이없는 처형을 당했다는 줄거리

아직 나는, 미술관을 돌아온 지 수주가 지났어도 명확한 수사 결과를 내놓지 못한 채, 시나브로 이종빈의 뇌 속을 잠입하곤 한다

해체

검은 구름 알을 슬면 그 알들

지상으로 내려온다

내려오던 영롱한 알

어린아이들처럼 옹기종기 모여

잠시 언덕 같은 공중에 머물며

부식돼 가는 상현달 바라보고 경배를 한다

두둥실 떠 있는 찬란한 황금 달

무쇠 같은 두꺼운 달의 껍질이

푸석푸석 검붉게 마모돼 간다

어머니로부터 몸의 연을 끊은 탯줄 자국

\>

보일 듯 말 듯

그 마른 자국 머리에 이고

달에게 받은 그림자로 제 몸 만들어

아래로아래로 하강하는 어린 물방울들

뒷집 원룸 404호

짝을 부르는 귀뚜라미 소리
자지러지는 25시쯤
방충망에 날아든 사마귀 한 마리, 반짝반짝 동공 굴리며
불 켜진 방 안을 훔쳐본다
왜 이렇게 이 집은 소란하지
사내는 자주 불을 켜 놓고 출근을 하고,

야 이 × × 야
넌 하루 종일 뭘 했어
난 죽겠단 말이야 임마, 으응,
이상하다 숨죽여 들어 봐도
대꾸하는 사람 소린 들리지 않고, 토막 고요가 흐른 뒤
밀폐된 도시가 꼬리를 얄랑이며 반응을 한다
왁 왁, 왁왁왁 왁

야! 넌 뭐야
왜 차려 준 밥은 안 먹었어 응,
우하하, 그래도 넌 말야
배가 고파도 누굴 모함할 줄도 모르고
거짓말 같은 거 안 하지 그렇지

배가 푹 꺼진 점박이, 왁왁왁,
하얀 허기 점점이 토해 내며 막 짖어 댄다
꽥 꽥, 뒷집 404호 땡고함 소리 때로는 울음소리
또 나를 깨우고,
누가 매일 그를 저렇게 취하게 만들까

요리조리 놀란 동공 굴리고 있던 사마귀
쩌 쩌, 혀를 차다가 펄쩍 뛰어내리고,
하필 가뭄에 시든 빨간 고추 위에 떨어져
함께 바닥에 얼싸, 나뒹굴었다

α와 Ω

주례사

한쪽 눈을 감는 지혜가 있어야 한다고

뜬눈은 초롱초롱하면서 희멀겋게 깜박이어야 한다고, Ω 자세로 세상을 건너는 자벌레의 보법을 배워야 한다고, 면사포를 쓴 38세의 처녀가 하얀 손가락으로 α 모양의 눈물을 훔친다

무거운 행진을 4살배기 화동들이 갈 지(之) 자로 끌고 간다

미술 전시관

#1

벌써 α라니! 작가의 성품은 정갈하고 단아했단다 하지만 1960년, 참 빨랐다 김윤민의 '나부' 말이다 제 몸을 자갈 바닥에

내동댕이치는 감성돔 같은 남색이 배경이다. 우윳빛 피부에 보송보송 돋아난 그녀의 잔털 멀리서 보니 Ω형으로 몸을 잔뜩 구부린 성스러운 자벌레의 알몸,

그녀의 裸身은

투명 유리 육체, 지금 막 연소가 시작된 Ω 뼈란 뼈는 다 녹아 불잉걸이 되어 유리 육체 안을 벌겋게 돌고 있다 그 불길 통로는 입술이었고, 새어 나가는 소리 뿌옇게 나부낀다 근데

어쩐 일로 벌거벗은 성기대 씨

　의 몸은 어딜 가고 그의 그것만,

　아마도 그것의 색깔은 그녀가 움켜쥐기 전까진 차르르 윤기 나는 봉선화 꽃잎 색, 하지만 지금은 성나 그런지 섬짓한 남색이다 개불 같은 진한 바다색 성기 말이다

　#2

　1959년 동란 얼마 후, 온몸에 자물쇠를 주렁주렁 매단 사내, 제 몸이 하나의 시장이었다

　그의 옆구리 점포 배꼽 점포, 점포란 점포는 대낮인데도 자물쇠로 잠겨 있다 어슬렁어슬렁

　작은 시장

　하나가 커다란 시장통으로 걸어 들어간다 그 뒤, 홀쭉해진 젖을 갓난아이에게 물린 여인이 잔뜩 일그러진 얼굴로 그의 뒷모습을 바라보고, 사내와 여인의 이마는

　둘을 동서로 봉합한 듯 금이 쩍 가 있다 그 금 천 길 낭떠러지가 숨어 있는 음과 양의 경계일까

　#3

　내가 제목을 붙인다면 'α'일 것 같다 山은 바위산이다 그

산의 살갗에는 연둣빛 잔디가 파릇파릇, Ω 보법으로 걸어간
  자벌레의 순례 길이 보이고,
  하지만 능선에는 날아야 할 나비가 날지 않는다 산의 옆구
리에 동굴 같은 흠집 하나,
  그 흠집의
  테두리에는 붉은 선이 오가고, 굴 안 깊숙이 보물처럼 사
려져 있는 α의 항로 같은 붉은 점선 작가는 그만 초록 능선에
알 수 없는 몽환의 木色 선 하나를
  길게 낙서해 버리고 이듬해 봄, 그 Ω처럼 생긴 '붉은 집'으
로 들어가 버렸다
  α가 태어난 고향으로 돌아간 것

피로연
  군사위성과 통신위성이 충돌 1만 7천 개의 파편이
  1만 년을 떠돈다니 어디 그것뿐인가, 씨방 속 α 같은 아이
  우주여행도 겁날 것 같다고,
  1센티의 파편에도 우주선이 없어진다고, 반주(飯酒)가 들
어가니
  옳고 그런 얘기가 펄쩍펄쩍 뛴다 어딜 가나 지폐 따위로
  등수를 매기니 역하다고, 그럼 싯다르타의

탁발은 구걸인가 수행인가, 스스로 열반을 예언했으므로
대장장이는 죄가 없는가, 어긋버긋 이야기들 Ω가 없다

그래도 난 그냥 앉아 있기만 했다

둥근 것은 언제나 돌고 싶은 근성이 있다
운전석 옆 자리에 든든하게 누워 있던 작은 페트병
가득 담긴 물 한 모금 했더니 수위가 꽤 내려갔다
내가 놀라 급브레이크를 밟으니
그 둥근 것이 얄밉게, 목마르게 기다렸다는 듯
탁, 튀며 깔판 바닥 위에 통쾌하게 떨어졌다

그때서야,
고르지 않은 깔판 위에서 제 근성을 맘껏 부리는 물병
저 아랫도리도, 몸통도 입술하며
둥글지 않은 데가 없다
이리 뒹굴고 저리 뒹굴고
굴곡진 길을 내가 돌면 함께 무거운 엉덩이부터 휘익 돌며
곡예를 하고,
잔뜩 신이 났다

제 배 속에 채워진 물, 차가 정지해 있을 땐 참 싫은가 보다
온몸에 소름이 도는지 미세하게 몸을 떨며
질겁을 하고, 물의 조상도 일러두길
그냥 있지 말고 움직여야 산다고 했던가

출렁출렁, 물병이 신이 나니 함께 춤을 추는 물
그렇게 취한 듯 춤추면서도 중심을 잃지 않는,
페트병이 떼굴떼굴 제아무리 굴러도
간지럼만 잔뜩 탈 뿐 함께 돌지 않고 출렁이기만 하는 물

바람에 부대껴
어머니가 몇 차례 넘어졌어도
양수에 떠 있던 나는
금방 생긴 눈만 말똥거렸을 뿐, 돌지 않고 그냥 앉아 있기만
했다

남자의 태몽
—소녀*

오늘도 김성룡은 넋 나간 사람처럼 자꾸만 선을 긋는다 그의 머리는 여자의 자궁이다 남성이 남성을 통해 흡입한 정액, 목젖이 울컥울컥거리는 그런 관계, 김성룡의 머릿속엔 나팔관이 있고, 배란기를 맞이 수정을 한다 자궁으로 내려와 착상을 하면, 그가 힘주어 그은 선은 뼈로 되고, 털처럼 미세하게 그은 선들 숙성되어 살이 된다 14살 때였다 김성룡의 태몽은, 지옥에서 탈출한 외계인에 관한 줄거리였다

숯검정 같은 하늘에서 강림한 미니스커트의 소녀, 검은 구름의 씨알 같은 알몸, 머리카락을 담배 연기처럼 휘날리며, 왼손은 전기 스파크를 일으키는, 딱딱 따다닥 불똥이 튄다 헤라클레스의 팔뚝 같은 오른손은 근육질의 내장이 드러난, 장수하늘소의 집게처럼 날카로운 손가락, 그 손은 지옥의 그물을 흠집 내고 온 악마적 손임에 틀림없다 교실에서 마주친 그녀의 눈길, 앙상한 뼈가 허물어지는 긴긴 밤이었다 소녀의 머리카락 위 빠알간 남성의 성기 립스틱처럼 돋아나고,

불면의 밤은 이어지고, 태몽에 시달린 그가 편두통을 앓는다 배란 장애로 인한 두통 그래도 희뿜한 밤 해쓱하게 자꾸만 선을 긋는다 아직도 한 해에 7공주를, 지금 그의 머리 만

삭이다 그 소녀의 조물주는 분명 김성룡이었다

● 화가 김성룡의 작품 제목.

가을 별자리

반짝반짝 여기저기 이기대(二妓臺) 늦반딧불이
별자리 신들 축제가 벌어졌어

영웅 페르세우스가 은빛 날개 달린 천마(天馬)를 티고 질주
를 한다 한 번 반짝 α星,
또 반짝 β성, γ, δ, 깜박깜박 보일 듯 말 듯, 가을 창 같은
페가수스 사각형 별자리, 2등성 밝기로 껌벅거린다
또 다른 반딧불이 가족, γ 별자리에 깜박 점 꾹 찍고, 죽—
죽— 선 그어
괴물 고래 별자리 만들며 춤을 춘다 안드로메다 안드로
메다, 어머니 카시오페이아 애타게 부르는 소리 울려 퍼지고
수도 없는 별들 깜박깜박 산기슭이 나부낀다 날개 자란 내
매듭 어디에 있나
페가수스 별자리 남쪽 지평선이다
아프로디테 늦반딧불이, 100개의 뱀머리 괴물
티폰이 다가온다 품고 있던 1등성 별 하나
허공에 알 슬어 큰 점 콕 찍고, 티폰이 한눈파는 사이 내
매듭까지 물고 물고기 별자리 그리며 살래살래 달아난다
한바탕 춤을 춘 별들 힘이 달렸나 깜박깜박 희미하게 3등
성 밝기로, 神酒 따르는 여신 어디로 가고, 물병 든 왕자 물

따르는 소리 쪼르륵 들리는가

여기는 이기대 장자산(山),

저 북쪽 반딧불이 무리 W자 모양 줄 이어 날아가고, 카시오페이아 카시오페이아, 언제까지 그렇게 내 매듭처럼 거꾸로만 매달려 껌벅거릴 거야 지금도 날 안쓰럽게 하는 너의 허영

오만한 광안대교 불빛을 향해 당당히 횃불 치켜들고 춤을 추는 올림푸스 별들

新歲寒圖分析論

좌편서부터 과거 이야기는 시작된다

그리고 초가 한 채, 흐르는 물처럼 시간은 흘러 현재라는 우측의 공간에 도달한다

세한도의 구도는 대칭의 미학이다

집의 좌편에 스승과 제자가 두 그루의 잣나무로 환생하여 서 있다

황량한 세상에 우뚝 서 있는 두 선비, 약간의 언덕 위에 스승을 모셔 놓고, 그 아래 제자가 호위병처럼 에워싸고 있다

쭈빗쭈빗 뻗은 가지, 서로 손 맞잡고 학문의 깊이를 주고받는다 두 선비 가는 길 창창하다

인적 없는 외딴 집 한 채, 창 하나 보이는데, 그 창의 문양 아무리 봐도 사람의 얼굴, 입은

다물었으나 귓밥은 두껍고 도톰하다 비록 누워 있긴 하나 북을 향한 눈길 저울 눈금 보는 듯 열려 있고, 아직도 그 얼굴 푸르고 싱싱하다

집의 우편 나무 두 그루, 혹한에 처한 현실의 줄거리이다

넘어질 듯 우편에 서 있는 노쇠한 스승, 하늘 찌를 듯 날카

롭게 솟아 있는 둥치의 기상, 이미 잎이 진 지 오래다

　모진 고초에 꺾여 버린 팔처럼 구부러진 긴 가지 끝에 듬성듬성 남아 있는 솔잎, 살아 있으되 오래가지 않을 生이다 지난날 그 제자 좌편에서 우편까지 따라와 우람한 몸으로 팔 내밀고 여지껏 부축하고 있다

　좌우 형평을 이룬 저울 같은 줄거리,

　화폭 속에 피어 있는 빨간 인장꽃(印章花) 네 송이, 이미 두 선비 떠난 지 오래지만, 그 꽃 백 년도 가고 누천년 피어 있으리라

　축 늘어진 스승의 가지 끝에 겨우 남아 있는 난초 같은 솔잎, 그 위에 꽃대 없이 피어 있는 '正喜'라는 빠알간 꽃, 이 꽃이 세한도의 영원한 백미라 하겠다

금샘(金井)•

제 몸 괭이갈매기처럼 날아 보려
펄쩍 솟구쳐 수면 위에 때기질 친 물고기
아스라한 푸른 저녁
그만 수평선을 강의 보(洑)로 착각, 풀쩍 뛰어넘었습니다
놀란 눈빛으로 쪽빛 하늘 유유히 헤엄치다
휘청휘청 방향 꺾으며 날쌘 몸짓으로 유영한 물고기
검은 구름 꼬리지느러미로 몰아
자꾸 핥아 먹곤 했습니다
달에게 가까이 가려 아무리 헤엄쳐 가도
늘 그 자리인 달
그러다 번쩍, 달이 고여 있는 샘물 하나 보았습니다
잠겨 있던 해쓱한 만월(滿月) 자정이 되자
샛노랗게 물들었습니다
구름 한 자락 스르르 끌어내려 첨벙 뛰어든 물고기
뽀로록 뽀로록 샘물 안
찬물 심지 물방울 온몸 간지럽게 달라붙었습니다
제 몸 식히다 곤히 잠든 만월,
파르르 온몸 떨며 달의 허벅지 지느러미로 찔러 봐도
황금색 물만 일렁일렁,
너무 이상해 막 날뛰듯 헤엄쳐 본 물고기

그만 온몸 황금색으로 더욱 진하게 물들었습니다

● 부산의 금정산(金井山)의 유래가 된 샘으로 금빛 물고기가 살았다 함.

불꽃 축제

저 허공 여성의 몸입니다
수도 없는 여자들의 자궁 둥둥 떠다닙니다
서막의 축포로 놀란 몸 얼얼해졌습니다

축제는 꽤 신비롭기도 하고 윤리적입니다
성애의 행위들은 모두 생략돼 있습니다
주체 못할 순간 발산해 버린 오르가슴
자지러진 밤하늘 움찔움찔 꽃이 핍니다
꽃은 오르가슴의 상상도(想像圖)이며 화학적 무늬입니다
꽃들의 크기와 빛깔 저마다 다릅니다
야, 저 사내의 그것 로켓처럼 휘파람 소리까지 내며
허공 깊숙이 밀고 올라갑니다
쾅 쾅! 한꺼번에 연거푸 피워 올린 꽃들,
날선 진홍 꽃잎 문양으로 봐
미시족 여왕 꽃이 틀림없습니다 한껏 달뜬
백사장의 여인들
아! 하고 내지른 탄성, 저 허공의 교성(嬌聲)입니다
40대의 그것, 꽃 하나의 색깔이
아기자기 가지각색입니다
바깥 꽃잎은 사파이어, 속 꽃잎은 루비색

꽃술은 황금빛입니다
교각 사이로 우왕좌왕 날아다닌 중년
퍼져 나간 꽃무늬 그리 마음 같지는 않았습니다

꼬리 얄랑이며 허공의 나팔관 헤엄쳐 가던 정충들
펑! 하며 난막 뚫을 때 피운 그 꽃
오늘 축제의 백미였습니다

불이(不二)

밤은 깊어 가고, 나는 벽화인 줄 알았다
스승과 제자 같은 두 분의 스님이
멀찌감치 떨어진 오른쪽 외등 두 개의 안내를 받아
하얀 벽을 좌로 끼고 걸어가신다
헌칠한 키에다 우람한 체구의 몸매에
두루마기 승복을 입고 앞서 걸어가시는 큰 스님
다소곳이 고개 숙이고 긴한 이야기 조곤조곤 일러 주시며
걸어가신다
비스듬히 벽 가까이서 머리로 받아 적으며
뒤따라 걸어가는 스님
비록 스승보다 체구는 작지만
스승을 깊이 흠모하면
걷는 모습마저 저렇게 닮게 되는 걸까
고개 숙인, 알 듯 모를 듯 기울어진 어깨의 모습
너무도 흡사하다

서로서로 30여 미터 떨어진 두 개의 외등
두 외등과 스님들 위치 모두 삼각형의 꼭짓점이다
나는 두 개의 외등 뒤 언덕에 앉아
외등이 연출하는 무언극을 홀로 보고 있는 관객

\>

슥 슥, 벽을 울리며 어둠 걷어 내는
두 스님 발걸음 바람 소리라도 들을 요량으로
귀 기울여 뚫어지게 바라보았는데,
급기야 '둘이 아니고 하나'라는 걸 알아차리고서야
두 외등이 왜 날 속이려 들었는지 알 것만 같아
싱글싱글 소리 없이 혼자 웃고 있었다

광안대교(Diamond bridge)

우리 아이가 말하길 길은 가지 죽죽 뻗은 나무라 하더라
굴참나무일까 신갈나무일까
상현달 같은 광안리 살색 백사장,
멀리서 본 나무둥치 위에는, 거리감 때문일까!
여러 종의 곤충들이 달려가기는커녕
더듬더듬 조심스레 기어간다
방울토마토 반쪽 같은 빨강 무당벌레, 덥수룩한 잎을 찾아
밑동을 지나 알 슬러 기어오른다
그 뒤를 이어 내가 검정색 딱정벌레를 타고
오래 못 본 널 만나러 엉금엉금 가고 있다
산지에서 오는 걸까 싱싱한 야채를 입에 물고
잎꾼개미 여러 마리 대형마트로 이동 중이고
그 뒤 장수하늘소, 사슴벌레, 장수풍뎅이까지
쉴 새 없이 바쁘게 오가는 나무
무당벌레 빨강 알들 저렇게 부화하는 걸까
누가 저 허공에 검정 물감 풀어놓는 늦은 오후가 되면
우리 아이 설레게 하는,
금방 부화한 은색 별꽃들 휘어질 듯 주렁주렁 열린다
아롱한 북쪽 밀림은 물론
소원했던 숲과 숲이 오고 가는 저 커다란 나무둥치

오늘도 동해로 떠나는
네가 탄 장수하늘소
느릿느릿 달려가는 모습 아스라하다

전기스탠드(Stander)

내가 시를 읽을 때, 그리고 쓸 때
언제나 참여하는 전기스탠드
때로는 미안할 정도로 쏴, 하게 비춰 준다
근데, 켜고 끄는 장치 버튼식이 아니고
터치형이다

내가 급해서 양말 신은 발가락으로 꺼 봤더니
더러운 족으로 나를, 하며
꺼지지 않았다
몇 번이나 애를 써도, 한번은 장갑을 낀 손으로 만져 줘도
꺼지지 않았다

오로지 그는 맨살만 원했다
왜 그가 아내와 잠을 잘 때 벌거숭이로 몸을 부비는지
이제야 알겠다
맨 손가락으로 만져 줘야 켜지고 꺼지고,
손등을 갖다 대도 켜진다

그러고 보니 내 스탠드도 그의 아내처럼 곱다
잘 가꿔진, 탄력 있는 몸매에

맨몸으로 뒹굴면 애정이 금방 스며들 것 같은,
차르르 흐르는 미색의 고운 피부

나는 지금 전기스탠드와 달콤한 얘기를 주고받고,
아니, 점점 화끈거린다

나는 지금, 전기스탠드와 불륜 중이다

물의 환희

이른 오전이면 대중 욕실도 조용하다
탕 안에 혼자 앉았다가 나오면서
무심코 뒤돌아본 물의 표정
얼마나 기쁘면 저렇게 좋아할까
내 몸이 탕을 빠져나오면서 일으킨 파문
물에겐 그건 파문이 아니라
환희였던 게 분명하다

그럼,
내가 녹물 머금고 박혀 있던
한 개의 못이었거나
참 견디기 힘든 무거운 짐이었단 말인가
아니다, 그 표정
출산의 울음 뒤 잦아든, 어머니 얼굴에 파들거리는
한없이 흐뭇한 파문임에 틀림없다

잠겨진 꼭지에서 삐어져 나오는 물이
조금씩 똑 똑 떨어진다
탕 안의 물 간지럼을 타는지
시종일관 해실해실 웃고만 있다

제3부

야누스의 눈

현재는 나의 귀한 선물입니다, Present
왜 그럴까 사람들은,
Give에서 담을 넘어 온 것 Gift이지만
주는 정성 10분의 1도 느끼지 못하니,
현재는 나의 현세로 신이 내린 선물입니다

현재는 야누스(Janus)의 문이며, 야누스가 몸색을 바꾼
Janury,
그래서 1월도 하나의 문입니다
등지고 보는 두 개의 얼굴을 가진 문,
그렇게 고마움 모르고 지낸 나에게
문이란 문은 모두 삐걱거릴 뿐 열리지 않았으며
미래를 보는 나의 눈도 잘 보이질 않았습니다
받은 선물 소중히 여기지 않은 나에게
내린 저주였을까요

지금은 1월,
너는 야누스의 문을 숭배하고
현재에게 경배하여라
그러면 너는 1월의 문을 열어

새로운 출발을 할 수 있을 테니까

야누스의 눈으로

현재가 될 미래를 과거처럼

훤히 들여다볼 수 있을 테니 말이다

망치 치는 거인*

신문로 1가에 가면 어디선가 망치 소리 들려온다
24층 빌딩 옆 대로변 모롱이에서 누가 망치를 친다
그을린 얼굴 검은 작업복, 세상의 중심에서
빌딩 숲 속에서
검정 색처럼 외길로 망치를 친다
바지 아래 신발을 보면 안전화를 신고 있다
그러나 다소곳 고개 숙여
때릴 자리 느긋이 바라보는 모습,
아무래도 당신은 정신노동자 같다
한 번 내려치는 시간 1분 17초, 잔뜩 힘 몰아
제 자신을 때린,
망치 뛰는 모습, 내가 떨린다
신성한 한 번의 동작으로
노동과 정신을 함께 말하는 철학자인가
느리면서도 결코 느리지 않는
느긋하면서도 지극히 정교한,
수많은 행인들은 물론 당신을 경배하는 나에게
활력 넘치게 하는 22미터 강철 거인
쉼 없이 풀려 있는 당신 자신을 때리기도 하다가
당신의 꿈을 두드리는 그 망치 소리

신문로에서 광화문 네거리로
지구의 중심에서 저 먼 낯선 대지까지
범종 소리처럼 둥글게 둥글게 여울져 간다

● 미국 조각가 조너선 보로프스키의 작품 「망치 치는 사람」.

몸의 꽃

아무리 내가 허우적거려도 발자국을 뗄 수가 없다
속도의 정령이 내 발목을 잡고 놓아 주질 않기 때문이다
이젠 클릭도 되질 않고
커서가 제 몸에 붙어 있는 모래시계를 버릴 줄 모른다
저 모래시계가 바로 정령이다
내 몸이 아프다
PC가 바이러스에 감염된 건
처음 있는 일, 무슨 연유일까
바탕화면을 겨우 열고 나면
푸른 초원에서 불쑥 솟아오른 바이킬*
하릴없이 확인 클릭을 하면
못 이긴 척 거들먹거리며 지하로 사라지고,
저것도 스팸을 가장한 정령의 가족
그러나 금방 화면 덮쳐 버리는, 또 다른 대형 간판
'바이러스&PC 진단 치료' 스팸이다
쉴 새 없이 득실거리는 저 유령들
결사적으로 지우려 들면 끈질기게 저항하다 사라진다
그것도 잠시, 또 밀어 올리는 악의 꽃

근 열흘 밤샘을 친 행사, 결국 나는 끙끙 앓고 몸져누웠다

울긋불긋 알약들을 털어 넣어도 저 PC처럼 가열된 나는 진정되질 않았다 깊숙이 박혀 있던 내 안의 암석들 녹아 가스를 동반한 마그마로 고이고, 지각의 틈새처럼 벌어진 내 윗입술을 통해 터트린 몸의 꽃 내가 병원으로 가 링거를 꽂고 있을 동안 뒤따라 내 PC도 수리 센터로 실려가 포맷을 받고, 비록 내 열꽃 시든 이파리 같은 입술 딱지가 말끔히 떨어졌다 해도 그 자국 뿌리 깊이 잠복해 있는 유령 같은 바이러스, 언제나 휴화산처럼 다시 꽃을 피워 올릴 용암 꽃

● 바이러스 제거용 스팸의 일종.

자주색과 주홍색 사이

오! 초여름 날 새벽꿈, 비몽사몽이다
주홍은 현실이고, 자주색은 꿈의 색
그 색깔들 뿌리 또한 뒤엉켜, 비몽사몽이다

무학산 아래 만날재˚, 쉬어 가는 외진 자리
환하게 피어 있는 패랭이들 품에
언제 살짝 제비꽃 바알갛게 생글거리고 있네
전생이면 어떻고 후생이면 어떠냐
실패하면 돌아온다던, 지금 막 황홀하게
날아왔단 말인가
포동포동 내 몸 오그리고
온몸 쫑그려 너를 향해 맞이하노만
그때 발목에 걸린 그 자주색
여름 속 흘러내리다 지금 막 바위 뿌리에 걸려
네 육신처럼 아롱거리고 있네

여름 안에 자주 봄이 비집고 들어와
자꾸만 날 뒤척이게 하지만 내 너와 못 이룬 것들
먼 황혼인들 지워질 수 있겠냐
주홍이 만날재로 가 자주색 찾아 헤매는 날,

오! 보풀보풀 하얗게 지쳐 포근한 내 품에
제비꽃마냥 안길 것 같은 너의 날갯짓
하지만 너와 난 아직도
파르르 몸 떨며
간발의 거리라도 띄워 놓고 있지 않은가

● 마산 무학산 기슭에 있는 만남이 이루어지곤 하는 재 이름.

뒤집힌 게*

얼른 봐서 알 수 없는, 눈밭 속 예수 얼굴
그림은 마음의 사진, 그** 자신의 예언서였다

뒤집힌 게 복부에 사람이 있다 스치기만 하면 찔릴 것 같
은 섬뜩한 손톱, 그 긴 손톱 왼손에 쥔 아이, 게의 뱃살에 박
혀 위태롭다

간절하지 않으면 보이질 않는,
양수 같은 초록 물에 뒤집힌 게, 높은 파도는 오지 않을
기미다
저 아이, 그와 이름 같은 형일까
그는 이미 난막 속에서 까마귀 울음소리를 들으며 자랐다
제가 자란 아기집에서 사산돼 버린 형,

밤마다 악몽으로, 뒤집어져 바동대다 깨면, 혼자 치민 발
작으로, 까만 머리카락에다 눈썹이며 코 입,
늙은 아이 같은, 팔다리가 모두 기형이다 어깨 처진 어머니
형의 묘지에만 다닐 뿐, 사랑에 배고팠던 태아,

언제나 포기를 꿈꾸는,

흉기 같은 왼손과 발, 결국 그 아이

왼손에 쥐어진 비수 같은 손톱으로 제 심장을 찔러 버리고, 움찔움찔 이틀 뒤, 수많은 까마귀들 호위 받으며 흐느적흐느적 떠나가 버렸다

●빈센트 반 고흐의 그림.
●●빈센트 반 고흐.

사과

해지는 시간 그가 왜 동쪽을 바라보고 있을까요
그의 정수리 위에 떠 있는, 샛노랗게 익어 가는 달 같은
사과 하나
그가 살아온 사과 어디 티 하나 없는,
50 나이 눈앞에 둔 그런 사과였지요
그의 시선 가 있는 동쪽 산 능선에도
붉은 노을빛 사과 볼 대신 노랗게 물들어 가는 생각들
투명 물속처럼 어슴프레 잠겨 있습니다
어제 그저께였지요 이제 서너 달 뒤면
지천명이 돼 버릴 산기슭을 내려올 때였지요
여기저기 울어 대는 귀뚜라미 소리에
그도 그만 울컥 시큰거리고 말았지요
한 그루의 나무에 수백도 달리는 사과들
언제 한번 검은 반점에 시달린 적 없고
낙과를 우려해 본 일 없는 그, 그러나 그의 갈 길
낙조에 물든 저 먼 발치의 동쪽 산허리처럼 흐릿하게
긴 꼬리 얄랑이며 구물거리고 있습니다
푸른 색조 야금야금 밀어내고
비록 그의 얼굴 당도 높은 자줏빛으로 물들어 가겠지만
그 사과 결국 혼자 떠 있고, 지금 그도

나에게 등 돌리고 정장 차림으로
한참 동안 저렇게 골똘히, 혼자 서 있지 않는가요

秋史體

적거지(謫居地)의 골목 오가며
눈으로 길러 온 잡풀들
아늑아늑 살 붙어 그의 예서체(隸書體)가 돼 버린 풀잎들
깨진 골목 사금파리의 금 글자들의 우직한 획으로
자라고,
깊은 밤 뚝 뚝 흘린 외로움
삼(三) 수(水) 변(邊)의 점을 찍어 달래곤 한 추사
글자와 글자 사이에는
바위 때린 파도 쏴―, 하고 높이 솟구쳐 떨어지며
예리하게 등 돌리는 행서체(行書體) 뒷모습이 있다
철석철석 님을 향한 뱃길
牛島 서쪽 바닷가에 당도하여
뭉클뭉클 '서빈백사(西濱白沙)●'로 자신의 결백 풀어놓고
아직도 예리한 철판 변 같은 서체(書體) 고집하며
우도를 떠나지 않는 추사의 혼백

●석회 홍조류가 부서져 만들어진 하얀 모래.

소금 자루

'모두모두 노래방'은 지하 같지 않은 지하다
계단 끄트머리 바닥에 누워 있는 소금 자루 하나
그래 밟아라 또 밟아라
밟을 때마다 소금 알 모서리들
찌릿찌릿 통증으로 반짝이겠지
밟아라 밟아 자꾸만 밟아라
올라가다 이상하거든 다시 돌아와
밟아다오
너 역시 작은 자루로 굴러 와
큰 주머니 속 주머니로 집을 지어
반짝이는 소금 알처럼 꿈을 꾸지 않았던가
하지만 지금은, 기억에도 없는 그 자루
한때의 네 불장난이 저렇게 누워 있진 않은지
자루 속 저 소금 알들
밟을 때마다 물을 달라며
반짝반짝 껌벅거리고 있을 거네
그래 밟아라 밟고 싶은 대로 밟아라
그럼 난 풀잎의 팔다리처럼
일어나고 또 일어나
한없이 자꾸만 부드러워지고 말 거네

모롱이에 관한 소고(小考)

―껌

대학로 모롱이 길바닥, 무수히 떠 있는 검은 별들
거친 파도의 발길질에도
꼼짝 않고 붙어 있는 갯바위 홍합처럼
폐기된 저 껌에서도
본드 같은 접착 단백질이 나온 걸까

강물도 S자 엉덩이를 돌아갈 때는
손바닥에 탁, 침 뱉어 두 손 비빈 뒤
거세게 굽이쳐 뛰어들고,
그 굽이길 휘돌아 나오면 절로 여유 생기는 강물

왜 그들은 저 모롱이를 돌아갈 때
더 많은 별을 번쩍번쩍 내뱉을까
은행 입구에서 책방으로, 돌아가는 모롱이 바닥에
검은 은하처럼 수놓인 별들

아무렇게나 걸어가다가도
입구란 마음의 곡선이 갑자기 휘어지는 곳
학원 입구 길바닥에
검은 별들 더 많이 떠 있는 이유

그래서일까

왜곡된 '잔 에뷔테른의 초상화*'를 보면
그녀가 마신 한 모금의 와인이 길게 뻗은 목선 모롱이를
스르르 돌아 내려가는 실루엣
검은 별처럼 어른거린다

●아메데오 모딜리아니가 자기 부인을 그린 초상화.

우뇌(右腦)의 집

그 비는 단비가 아니었다

전신마취 이후의 나날은 마른장마로 이어지고, 아무래도 우뇌의 집에 무슨 변고가,

흡입된 마취 가스 골목골목 누비기 시작하자 혼비백산 도주해 버린 그의 직관, 그날 이후 마냥 기다리게만 할 뿐,

이 일 저 일 푸르죽죽 멍 든 그의 손등

장맛비 같은 속울음으로 잔뜩 충혈된 눈꼬리, 누가 그 빗소리를 들었겠나

너를 뒤쫓던 흡입 가스 이젠 떠났는데도, 그가 습관적으로 덧셈 뺄셈만 자꾸 해 돌아오지 않는 건가 아니 그럼 이웃 좌뇌(左腦)의 집으로 피신이라도,

비록 속살 꽉 차 있어도 빈집처럼 비어 있는 우뇌의 집, 회로 끊긴 빈집에서 선율 같은 외풍 소리만 시치미를 떼고,

추적추적 장맛비 내린다

아물지 않은 부위가 쓰리고 약한 복근 한곳 깊숙이 허물어져 허리 접으며,

버릇처럼 암송하던 젖은 주문 지워 나가고, 잠시 좌뇌의

집에라도 가 있다면, 지극히 부드러운 말투로 숫자를 셈하
는 그들

　더는 방황하지 말고 돌아오거라 직관이여 우뇌의 네 집으
로 돌아와 주게나

모딜리아니의 푸른 눈

내가 건물 옥상 테라스에 올라갔을 때다
그들을 내가 본 것이 아니고
각진 도시의 윗몸들이 일제히 나를 낯설게 응시했다
주눅 든 나는 놀랍게도 도시의 눈과 마주쳤다
그 눈, 모딜리아니가 사랑한 에뷔테른의 푸른 눈
차가운 도시의 살과 근육 사이로 나 있는 길,
길이란 언제나 성스럽다
그 길 양 가에 들어선 도시의 예리한 뼈가
수직으로 서 있고, 그 수직 날카로우면 날카로울수록
도시의 눈은 한결 더 파랗게 반질거린다
비록 외눈박이 작은 눈
지금은 어디론가 떠나가는 배 보이질 않으나
문장의 행 같은 이야기들 하얗게 주름져 다가오고,
왜 내 초상화의 눈망울에는 눈동자가 없나요
아직 내가 당신의 영혼을 사랑하지 않는가 보오
정말 저 쪽빛 도시의 눈에도
눈꺼풀 같은 수평선만 가물거릴 뿐,
눈동자가 보이질 않는다
그래 나 역시 저 눈망울에 젖을 줄만 알았지
때론 저 푸른 눈에 눈물방울이 맺힐 수 있다는 걸

내가 싹으로 자란 양수 같은 저 눈,

아직 나도

저 눈의 아득한 깊이를 진정 모르고 있나 봐요

기계의 눈물

사람도 기계처럼 죽었다 살아나면 좋겠다
까마귀 같은 날짐승이 내 안 깊숙이 날아들어
검은 발톱으로 쉴 새 없이 할퀴고 다닐 땐
누가 한동안 내 숨 멈추게 해
얼마 후 다시 살아날 수 있게 해 주면 좋겠다

동면하는 두꺼비처럼 며칠 죽어 있던 드릴 기계
얄랑이는 새끼 꼬리 같은 플러그를
콘센트에 꽂아 살려 주었다 따 따 따, 따라라라,
온몸 한 덩어리 되어 드릴의 정이 떨면서
돌처럼 단단한 콘크리트 바닥을
금을 내며 후벼 판다

정박선의 장등 불빛이
물속에서 한없이 진동하며 내려간다는 걸
겁먹은 물의 표정을 보고 알았다
빛이 물의 근육을 뚫고 힘들게 내려갈 땐
불빛도 저렇게 들리지 않는 굉음을 내며
따라라 따따, 떨면서 내려간다는 걸 나는 알았다

\>

두어 시간 내 손아귀에 움켜쥐어

온몸 떨며 콘크리트 바닥을 깨부순 드릴

제 심장 뜨거워져 내가 데일 판이다

자동차 라지에다 팬처럼 작은 팬을 돌려

스스로 식혀 주긴 해도

그만 시커먼 기름 눈물을 주루룩 나에게 보인다

내가 내려다보는 송곳니 같은 정을 타고

흘러내리는 기계의 눈물

나는 플러그를 빼 드릴을 잠시나마 죽여 주었다

노아의 초승달
—일신 여의도91*

빌딩 숲 도로가에 붉은 초승달 내려앉았다
그 달 떠 있긴 한데 그렇게도 기하학적이다
능선처럼 생긴 콘크리트 단 위에
살짝 내려앉은 달
넘실대는 공기를 타고 너울너울 흘러간다
귀가 입 되어
쏴 쏴, 파도 소리 먹고 자라는 달
자꾸만 속살 차올라 만월로 자랄 것이다

곤돌라의 양날처럼
칼끝같이 뾰족한 강철 뱃머리로
험한 세상 깨부수며 항해해 갈 배
지금 갑판엔 짐 하나 없지만
세월 가면 가득 쌓인 항구를 싣고
지금의 처녀 출항지로 돌아올 것이다

빙산 둥둥 떠다니는 극지를 항해할 배
우렁우렁 엔진 소리 선체를 떨며
빌딩 외벽 푸른 물결 가르고 출항하고 있다
초승달 엉덩이처럼

높이 휘어 감아올린 배의 꼬리를 보면
버뮤다 삼각파도에도 거뜬히 순항할 배

갑판의 마스트도 생략돼 있고
조타실마저 애당초 없는 걸 보면
이 배는 분명
설계 변경된 노아의 초승달이다

● 이탈리아의 조각가 마우로 스타치올리의 작품.

은유의 거울

내 눈길 희뜩 낚아채 간 의자 그 의자의 등받이 테 스테인리스다 둥그스름한 모서리에서 번득인 두 눈, 저 눈 누구의 눈일까 졸음 떨치려 눈꺼풀을 도려낸 달마의 찢어진 눈이 아닌가

플러그를 사이에 둔 일자(一字) 형광등, 사람의 눈 같은 형광등이 내려다보는 깊은 밤, 스테인리스 테는 은유의 거울, 어찌나 그 눈빛 강렬한지 잠시도 바라볼 수가 없다 9년 동안 면벽참선, 육신은 허물어져도 오직 남은 건, 바위 뚫을 안광(眼光)이 아니던가 부릅뜬 눈 속에서 검은 돌멩이가 냅다 날아올 것 같은, 하도 무서워 내 눈 옮겼더니 자꾸만 따라온다

열반했던 달마가 신발 한 짝 지팡이에 매달고, 실크로드 밤길을 걷는 걸까 중국 사신 송운*처럼 지금 내가 만난 달마의 눈, 비록 그 빛 아주 작은 두 개의 은빛 점일망정, 온 누리가 환하다 언제나 희멀건 내 눈길도 은유의 저 거울을 통과만 하면, 번득이는 달마의 안광처럼 송운의 운명까지 훤히 헤아려 볼 수 있지 않을까

●입적 3년 만에 환생하여 인도로 가는 달마를 만난 중국 사신.

제4부

표정학(表情學)

나는 그를 믿었고, 그래서 그의 표정을
어린 눈으로만 보았다

7,000가지 색깔의 그의 표정처럼
연못의 물도 그의 마음 훔쳐본다
누가 냅다 돌을 던졌다 재미로 던졌을까 화를 던졌을까
통증이 원을 그리며 거친 음색처럼 퍼져 나가고,
파르르 떨며 넘어가는 둥근 선

그때 내가 읽어 내지 못한 그의 표정, 그날 이후
나에겐 표정학이란 게 생겼다
내가 누구의 금방 식은 마음을 읽을 땐, 알 수 없는,
그래도 예의는 갖춘
그의 연푸른 얼굴이 어김없이 떠올라, 갑자기 불안해져
버린다

물의 표정이 한가롭던 오후, 애완견 같은
뭉게구름 뉘엿뉘엿 표정 속에 잠겨 있고,
새들 나뭇가지에 앉아 지저귀면
미세한 날개처럼 파들파들 잔주름 일으키며

즐겨 듣곤 하는 물

나도 모르게 내가 늪으로 걸어 들어가고 있을 때
예의만 갖추고 오히려, 나를 그렇게 인도했던 그
나는 아직도
물이 내색하는
증오와 혐오의 살갗을 구분할 줄 모른다

특별한 액자

잠시 단기로 있게 된 그 집, 내가 그 집을 얻게 된 건
단지 숨을 쉬는 액자 하나 때문,
그때만도 내 눈은 초록이었는데, 그 사각 속 산은
벌써 서걱거리기 시작했고, 나뭇가지들
살래살래 안달이 난 듯
까치 두어 마리 불러 애달픈 가사 읽어 나가게 하네요
인근 모텔 리모델링 공사, 미니 포클레인 이빨 소리가
온 동네 벽을 따 따 따, 쪼아 대고 있습니다
심장 박동 소리 빨라진 까치들
그만 자리를 뜨려 나뭇가지를 얄랑얄랑 흔들고 있어요

내가 자주 호랑나비처럼 달아나곤 한 그 액자
옹벽 쪼아 먹는 포클레인의 폭식증 때문에
그만 그 액자 볼 수가 없습니다
정오의 창이 열리고
액자의 화폭이 생글생글 다시 살아났어요

작정했던 그날의 첫 키스, 기우뚱거리는 오솔길 위로
발갛게 도망치며 뛰어가는 힐 소리 지금 막 들립니다

>

망치 소리 드릴 소리, 언제 끝날지 두렵네요

조급히 뛰어가는 굽 소리 넘어질까 걱정입니다

아직도 구불구불 그 오솔길 품고 있는 액자

제발 닫지 말고

내 발자국 자주 팔짱 끼고 돌 수 있게 그냥 내버려 둬요

영혼의 길

　그 길은 신의 가랑이처럼 나 있다

　가랑이 사이로 시무룩하게 돌아앉은 교회의 뒷모습, 팔월
의 풀잎들 시들어 가고,

　신의 오른쪽 다리, 그°가 가야 할 길인가 우람하게 튀어
오른 무릎, 하지만 종아리부터의 그 길 어쩐지 불구처럼 왜
소하다

　왼쪽 허벅지 위에 사뿐사뿐 걸어가는 예복 차림의 여인,
그에게 시커먼 화상만 입히고 가 버린 사촌 누이의 뒷모습
인가

　검은 증기기관차가 뭉클뭉클 내뱉은 연기들, 회오리치는
그의 혼처럼 역동적이다 하지만 기관차완 정반대로,

　빈 수레 같은 마차 한 대 외롭게 지나간다 어깨가 불거지도
록 지친 듯 뛰고 있는 말,

　까마귀가 나는 밀밭°°에는 길 셋 있다

　길가에 나 있는 풀잎들 그 길의 생명

　왼쪽에서 내리쏟는 가파른 짧은 길, 그가 살아온 마지막
십 년 푸른 불길 같은 무성한 풀숲,

　가운데로 나 있는 길, 아무것도 줄 게 없어 이 길 하나 주

었을까 길 양쪽 두툼한 초록 선, 동생 테오의 부부가 함께 가는 길, 하지만 그 길 구부러지고, 밀밭이 끝나기도 전에 보이질 않는다

　오른쪽으로 뻗어 있는 미지의 길, 그가 가야 할 길이다 초록이라고는 보이질 않는 비포장도로 다만 그 길 가운데,

　푸른 도마뱀 같은 초록 한 마리, 그에게 뭘 전하러 뛰어오는 걸까 구물구물 빠르게 역주행해 오고 있다

　영혼이 떠나가는 길은 오른쪽인가
　까마귀들 날아간 길도 오른쪽으로 상승하는 하늘 길이다

●빈센트 반 고흐.
●●빈센트 반 고흐의 그림.

먹물 한 점

　나는 전시실에 걸려 있는 먹물 그림을 보자마자 연미색 화
폭에서 들려오는 울음소리를 들었다 야, 내 잘모했다 미안하
데이 도망가는 돌담길 골목 따라 그 아이의 자지러지는 울음
소리, 잘모했다 안쿠나 잘모햇데이

　저 화폭은 분명 깜깜한 어둠 속 내 얼굴이야 창백했던 낯
짝이 발그레 달아오르고, 왼쪽 광대뼈 언저리에 수북이 부
어오른 내 볼때기 윤기 나는 숯검정 먹물을 막무가내 휙 던
져 버린 화가, 그는 느닷없이 내 눈두덩에 주먹세례를 가하고
냅다 줄행랑을 친 장본인일까 그날 밤 내 눈자위에 떨어진 낙
뢰, 어둠을 불그스레 찢어 놓은 한 점의 뭉텅한 먹물이었어

싶을 때가 있다

가끔 나는,
나를 잠시 보관할 길이 없을까 하고
한참 두리번거릴 때가 있다
내가 너무 무거워 어깨가 한쪽으로 기울었을 때
운명 같은 나를 버릴 수야 있겠냐만
꽤 귀찮아진 나를 며칠 간 보관했다가
돌아와 찾아가고 싶을 때가 있다

무게나 부피를 가늠할 수는 없지만
그래도 별로 크지는 않을 것 같아
지하철 역사 보관함 같은 곳에다
지친 내 영혼
하얀 보자기에 싸서
보관 좀 해 두고 싶을 때가 있다

쌓이고 또 쌓여
주저앉을 만큼 무겁게 느껴지는 그런 때
내 生을 송두리째
한 달포쯤 보관해 뒀다가
돌아와 찾아가고 싶을 때가 있다

평면 에스컬레이터

두 개의 평면 에스컬레이터 중 이쪽 손잡이 벽에 기대어
운행 중인 반대쪽 에스컬레이터를 바라본다
바쁘게 걷는 사람은 뛰는 것 같고
천천히 걸어도 꽤 힘이 있어 보인다
아버지의 배경 같은 에스컬레이터

아버지가 돌아가신 지 나는 오래다
그러나 아버지는
오늘도 불안한 나를 따라나서신다
아버지는 내 오른쪽 어깨에 앉았다가
때로는 왼쪽으로 옮기고
어떨 땐 내 머리 정수리에 앉아 계신다
일찍 세상 떠 도움 못 준 나를 생각
계속 따라나서신다
살아 계실 땐 내 그림의 든든한 후광 되셨고
떠나신 후엔 감시자로 따라나서신 아버지

언제나 나는 바쁘다
4호선에서 6호선으로 이동 중
왠지 오늘은 평면 에스컬레이터가 죽어 있다

돌아가신 아버지처럼
비록 정지되어 그냥 누워 있긴 하나
밟을 때는 부드럽고 뛸 때는 탄력 일어나
그렇게 발걸음 가벼울 수가 없다
나긋나긋 밀어주듯 등을 내어 주신 아버지

일렬로 이어진 에스컬레이터, 그사이엔 이음판으로
대리석 맨 바닥이 있다
쿠션이라고는 없는 세 발자국 이음판
그 속에는 아버지 계시질 않아 맨땅처럼 무겁고 거칠다

광장

표적물을 향해 날아가는
포탄 같은 고속 열차, 추적추적 오월의 비가
껍질 투명한 알처럼 내려앉는 오후였어요
웬 차창에 거미들이 저렇게!
떨어진 빗방울들 언제 저리 부화한 걸까
금이 간 껍질의 찰나가 할머니이고 어머니였으며,
그리고 나였습니다
해맑은 차창은 커다란 광장이었어요
처음에는 볼 것 많아 이저리 아장아장 기어가던 거미들
금 간 껍질의 순번이 어른과 아이로 갈라놓았지요
몸집이 더 크고 왜소하고, 아니
아직 작고 귀여운 거미들, 엄마의 손을 잡고 뽈뽈뽈
보이질 않는 광장 좌편 옥외 무대 드럼 소리가
쿵쾅쿵쾅, 아이들 어서 오라 손짓했습니다
축제 벌어진 무대 위에 인기 절정의 아이돌 가수가
대낮 도깨비처럼 나타난 걸까
드럼의 심벌만큼 기우뚱거린 광장
우와 우와! 아이들 환호하며 달려갔어요
엄마의 손을 놓고 지그재그로 뛰는
다섯 살배기 내가 있었고, 엉금엉금 뒤뚱거리며

마음만 뛰어가는 할머니는 안쓰러웠어요
지역 따라 비는 잦아들고
떠들썩했던 그 광장 그만 유리창으로 남아
어른인 나를 참 머쓱하게 만들었습니다

가이아의 유두

—城山 日出

하늘의 신 우라노스가 어둠의 잠옷을 입고
살며시 품고 있는 대지
아직 잠이 덜 깬 새벽, 동이 틀까 두렵다
우라노스의 옷 입는 소리
주섬주섬 들리고, 대지의 신 가이아의
핑크 무늬 슬립, 희번득 희번득 자꾸만 은색으로 변한다
적진을 향한 편대처럼

포구로 돌아오는 고깃배들 잔 물살 일으키며
황금 실크 이부자리를 걷어 내고,
얼마나 그 사랑 깊었던가
참 잘 익은 사과 하나 女神의 둔부를 타고
무당벌레 등처럼 야금야금 넘어온다
城山이 갑자기 붉게 달아오르고

가이아의 유두 같은 일출봉의 여인들
여신의 밤을 기억이나 한 듯
비명 섞인 탄성으로 아폴론에게 경배를 한다

새벽달 같은 해를 타고

아폴론이 일곱 줄 리라를 퉁기며 구애를 하는데,
흥에 겨운 님프와 여인들
하루의 탄생을 환호하며 허리 알랑알랑
요염한 몸짓으로 한바탕 춤을 추기 시작한다

썰물

파장 시간이 가까워진 늦은 오후, 다닥다닥 붙어 있는 어물전들 손님 부르는 소리 서로 뒤엉켜 더욱 비릿하다 이웃끼리 고래고래 욕지거리하는 아낙들, 갯벌의 낮은 썰물 시간이다 물이 빠지면 어시장처럼 북적대는 갯벌, 남항횟집 청도상회 서울집 충무식당처럼 여기저기 진흙 뚜껑을 열고 갯벌 생물들이 조급히 기어 나온다

잔칫날 같은 썰물 시간, 농게 망둥어 갯지렁이 밤게 민챙이……, 밀려오는 파도 소리처럼, 와아— 하고 아우성을 치며 노는 횟집 손님들 몸통만 한 집게발을 치켜들고 덤비는 농게를 만나자 넓적칼 같은 등지느러미를 곧추세워 위협하는 망둥어

밤게가 수초를 뒤집어쓰고 매복 중이다 조개의 입을 벌려 허기를 면하려다 그만 한쪽 발을 물린 밤게, 신기하다 한번도 본 적 없는, 꼬들꼬들 말린 해구신, 고무 대야에 죽은 듯 엎드리고 있는 민물뱀장어 가격만 물어본 나에게, 주인은 컬컬한 목쉰 마이크로, 움켜쥔 뱀장어를 해구신 대야에 팽개치듯 던지며, 이래 가지고 100만원인데 70만원, 그 짧은 썰물 시간 밤게는 바쁘다 암컷이 수컷을 등에 업고 뒤뚱뒤뚱,

짝짓기가 한창이다 몽롱한 거품을 뽀골뽀골 내놓으며 관계를 끝낸 밤게, 밀물 때가 됐는지 스르르 진흙 속에 잠긴다 빗방울이 떨어진다 파장에 맞춰 구시렁구시렁 떨어지는 빗방울을 두고 모두가 고마워하는 눈치다

중도(中道)

탑처럼 세워진 시간의 집이 5층 탑신을
근엄하게 바라보고 있다

토끼 한 마리 탑신을 중심에 두고 폴딱폴딱 뛰며
초침을 끌고 탑돌이를 한다
제 몸의 하얀 털색같이
때 끼인 제 속 발자국으로 씻어 내는 중이다
무거우면서도 그렇게 힘들지 않은, 터벅터벅
코끼리가 길쭉한 제 코로 분침을 훑쳐매고 탑돌이를 한다
토란 이파리처럼 넓죽한 제 귓바퀴를 너불너불 부채 삼아
땀을 식히며 탑을 도는 코끼리
돌고 또 도는 동안, 품이 큰 발자국 내디딜 때마다
사리 같은 상아는 쑥쑥 자란다
바위처럼 무거운 업(業) 등에 진 육지거북이, 아주 힘겹게
몽당연필 같은 시침을 끌며 돈다 번쩍번쩍 화려한
제 등집 무늬처럼 그렇게 원하는 것 많은 육지거북

껑충껑충 뛰는 토끼, 나뒹굴까 불안하고
저만치 갔겠지 뒤돌아보면 그냥 그 자리인 육지거북
안쓰럽고,

하지만 가끔씩 속상하면
허공을 탓하며 코퉁소를 억세게 불 때야 있지만
뚜벅뚜벅 흔들림 없는 코끼리 발자국 속도 제격이라며
갑자기 사라진 시간의 집 자리에
허연 수염 길게 늘어뜨린 시간의 신이 나타나
한 말씀 겨우 흘려 주신다

수상한 기억

허겁지겁 나를 부른 전화 한 통,
119 소방차의 붉은 사다리가 원룸 5층 방을 침투했다
매캐한 냄새는 시치미를 떼고
진원지를 모르는 척했다 다시 소방차 3대가 왱왱, 순간
수상한 기억 하나 스쳐갔다
나는 동료 한 사람과 산을 오르고 있었다

산을 오르기엔 그나마 쉬웠지만
가파른 능선의 등줄기 꽤 길었다
아마 그 산의 어깨 위 목덜미쯤, 수직의 벼랑을 오를 때
였다
검은 구름으로 뒤덮인 벼랑,
동료는 나보다 먼저 주섬주섬 쉽게 올랐는데, 내가
뒤따라 오를 때였다
갑자기 내가 탄 능선이 내려앉으려는 것이었다
스르르 주저앉는 지층, 일순 함몰의 위험을 느낀 나는
전광석화처럼 능선을 내리달려,
바로 옆 산자락의 꼬리에 펄쩍 뛰어 탔다
한 소방대원이 여기다! 하며 소리치고,
이사 온 여자의 404호 발코니, 자욱한 쑥 내음이 콜록

콜록

이삿짐에 엉겨 붙어 따라온 것일까
커다란 양푼에 수북이 타고 있던 잡신(雜神)들
물 부어 쫓으니 치익 치이익,
하얀 연기로 몸을 감춘, 떠나기 싫은지
능선 꼬리 같은 긴 치맛자락 끌며 휘휘 방 안을 돌더니
열린 창문으로 서로 밀치며 막 도망가려 했다

물방울

어디든 길은 있기 마련이다
버들잎 속에도 영혼이 오가는 길 있고
낙하하는 저 물방울 신비로운 길을 안고 내려온다

선재동자(善財童子)*가 거울 같은 물방울을 올려다보고
두 손 모아 간절히 길을 묻는다
약간의 어둠이 뿌옇게 내려앉은 대낮의 차창
무수히 뿌리내린 물방울 장막이다
몸집 큰 물방울 하나 쭈르르 미끄러져 내린다
하지만 아직 길은 트이질 않고,

왼손엔 버들가지를, 오른손엔 정병(淨瓶)**을 든
저 물방울 속 관음보살
갈등 많던 소년 시절
천 길 벼랑을 뛰어내린 나를, 또 다른 내가 바라보며
바닥에 떨어질 때 조마조마 어떻게 되나 하고,
하지만 번번이 실금 하나 가지 않은 날 보고
스스로 아휴!

또 다른 내가 길을 틔우려 휙, 또르르 뛰어내린다

아직도 선재동자가

저 아기집 속 보살 제 자신인 줄 모르고

엎드려 경배하고

젖은 눈망울로 간절히 길을 묻고 있다

● 불교 신앙의 모범적 구도자.
●● 수월관음도(水月觀音圖)에서 부처에게 바치는 감로수 물병.

백담(百潭) 모텔

모텔 화단에는 무게를 더해 가는
8월의 가지가 뿌듯뿌듯 달려 있다
바로 가까이, 철사 담장에 기댄 커다란 닭장 안
하얀 깃털의 암탉이 고개를 깊숙이 파묻고
꺼림칙한 간밤의 아랫도리를 부리로 닦고 있다
내가 찾아간 교육청 청사 사무실,
모텔 방 같은 신발 함들
남의 둥지 가로챈 올빼미마냥
내빈용 함에 직원들 신발이 들어 있었다
유독 한방에 들어 있는
서로 짝이 다른 한 켤레의 실내화
한번 신어 봤으나 불편함은 없었다
오랫동안 정이 든 불륜의 한 쌍일까
다리를 올린 듯
밤색 남성용 한 짝 위에 반쯤 포개져 있는
은색 장미 무늬의 여성용 실내화
100개의 깊은 소(沼)에서
궂은 날 기다리는 이무기들의 8월
끈적끈적 百潭의 밤은 잠이 오질 않는다
분홍빛 신발함에서 새어 나온

불륜의 잡음 소리에 물들어
금방 일을 저지를 것만 같은 닭장 안의 기운
불그스름한 외등 불빛에 왜 가지는 자꾸
탱글탱글 부풀어 오르는지
까칠까칠 마음 졸여 밤새 암탉 눈치만 보는
허옇게 충혈된 수탉의 눈동자

돌고래 시험 무대

표정 밝은 임산부와 풀장 가의 바윗돌들, 개량 한복 입은 늙은 신라의 석공과 함께 어디서 본 듯한 청바지 차림의 조각가 미켈란젤로 씨, 꽤 근엄한 모습으로 무대 앞을 왔다갔다 한다

물음표처럼 웅크리고 있던 태아, 임산부 배꼽 부위에 뾰족한 입을 갖다 대고 무슨 냄새를 맡는 듯하더니, 깜짝깜짝 놀라는 배 속 아이 시늉을 하며 짧은 제 발로 허공을 향해 툭툭 찬다

다시 돌고래, 몸을 뒤뚱거리며 얼굴 불그스름한 바위 앞으로, 초간 2,000여 번의 음파를 습관처럼 바위 가슴에 쏜 돌고래, 갑자기 몸을 쥐어틀고 목을 흔들며 퓌히퓌히, 휘슬 음소리를 낸다 옆에 있던 미켈란젤로 씨, 그래 나도 들었어 바위 속에 누군가 있어 '반항하는 노예[*]' 같아 짓누르고 있는 돌덩이들 죄다 떼 내 주면 노예의 몸에는 다시 피가 돌아 꿈틀꿈틀 기지개를 켤 거야

농어 토막을 받아 삼키며, 펄쩍 제 몸집만 한 물구덩이를 파며 한 바퀴 풀장을 돈다 뭔가에 홀렸는지 늘어서 있는 바

위들 앞을 뒤뚱뒤뚱 옮겨 간다 차르르 윤기 흐르는 해맑은 얼굴의 바위, 돌고래는 무슨 영문인지 턱을 바위 아랫배에 톡톡 친다 불심 깊은 신라 석공, 분명 이 시늉 목탁 소리 흉내임이 틀림없어 이 속에 부처가 있어 내 이 바위 정으로 돌을 파내면 수억 년 갇혀 있던, 귀엽고 자애로운 미소의 동자부처가 나타나, 온 누리를 환하게 밝히게 될 거야

모두 놀라 안절부절 무대를 뜨지 못한 사람들.

● 교황 율리우스 2세의 묘소에 있는 미켈란젤로의 조각.

에로티시즘의 신성과 '영혼의 길'의 탐색

이성혁

    이초우 시인은 첫 번째 시집『1818년 9월의 헤겔 선생』에서 활달한 상상력으로 자연현상을 인간 생활에 유추하여 표현하는 시편들을 선보인 바 있다. 가령 "짓궂은 아이들처럼 뒹굴던 파도가/ 수선화 모양의 사제 수류탄을 자꾸만 집어던진다"(「수의사(樹醫師)의 지구본」)와 같은 구절이 그러한 표현을 보여 준다. 그 시집의 특색 중 하나를 이루는 그러한 활유법은, 시인에 따르면 "이제 더 이상의 신화가 만들어지지 않는 숲에서 수의사(樹醫師)가 되고 싶"(같은 시)기 때문에 활용되는 것이다. 즉 이초우 시인의 활유법은 자연에 유추적인 상상력을 불어넣어 신화를 소생시키고 자연을 인간처럼 살아 있는 무엇으로 인식하게끔 하기 위해 활용된 것이다. 이는 인간 사회가 자연을 죽은 것으로 취급하여 훼손하고 있다는 비판적 인식에 의해 뒷받침된다. 그래서 이초우 시인은 시인이란 존재는 인간에 의해 병든 나무를 돌봐주고 다시 살리는 "수의사(樹醫師)"여야 한다고 생각한다. 첫 번째 시집에서 시인의 시작(詩作)은 이렇게 생태학적인 의식을 바탕으로 진행되었다고 하겠다.

　이초우 시인의 두 번째 시집인 이 『웜홀 여행법』의 시편들에서는 더욱 증폭되고 활기찬 상상력을 통해 자연현상으로부터 신화가 탄생하는 장면을 보여 주고 있어서 주목된다. 시인의 이러한 시편들에는 세계에 대한 심화된 인식이 뒷받침되고 있는데, 대표적으로 시집 제목인 "웜홀 여행법"이라는 구절이 들어 있는 아래의 시가 그러한 인식을 보여 주고 있다.

　　우리가 오기 전, 이미 신들이 문자를 만들어
　　헤아릴 수 없는 이야기 문장으로 남겨
　　수천만 권 쌓아 둔 저 신의 서재

　　하얀 구슬 파도 쏴, 하고 부서져 밀려온다
　　저 파도의 포말, 신이 버무린 글자의 씨앗이 되었고
　　파도의 주름은 문장의 행이 되었으며
　　문단을 가른 것은 파도의 질서가 어긋버긋
　　조용해진 틈새였다는 것

　　137억 년 전, 대폭발로 인한 우주 기원설, 빅뱅의 원초물질은 어디에서 왔으며 어떻게 일어났는지,
　　'호미니드(사람과의 동물)의 출현'이란 신들의 예언서에는 440만 년 전 침팬지에서 나온 한 갈래, '아르디피테쿠스 라미두스'라는 유인원이 직립보행을 시작하여 인류의 조상이 될

거라고 이미 기록돼 있으며,

성단(星團)과 성단을 단숨에 뚫고 지나갈 '웜홀 여행법'도
기술돼 있다는데,

누가 저 책들 열어 보고 신들의 문자를 해독할 것인가는,
선사시대의 어부 한 사람, 그가
꾼 꿈이 해독의 열쇠가 되었으며, 나 역시 그 어부의 꿈이
구전으로 진해 온 것을, 어기 처음으로 밝혔을 뿐.

—「채석강(採石江)」 전문

　서해안에서 뛰어난 비경을 보여 주는 곳 중의 하나인 채석
강은, 변산반도에 위치한 층암절벽 지역이다. 'Daum 문화
유산'에 따르면, '채석강'이라는 이름은 "'수만 권의 책을 쌓아
놓은 듯한 층리가 빼어나며, 바다 밑에 깔린 암반의 채색이
영롱하다 하여 붙여"졌다고 한다.

　그런데 이초우 시인은 채석강 바위의 굴곡진 단층들을 신
들이 문자를 새겨 이야기를 문장으로 남긴 것으로 읽어 낸
다. 그에 따르면, 파도의 포말은 문자를 새긴 신의 붓이었으
며 파도의 주름은 문장의 행이었고 파도의 틈새에 의해 문단
이 나뉘어졌다. 그래서 시인은 채석강을 신의 문장이 새겨진
책이 무려 수천만 권이나 쌓여 있는 "신의 서재"라고 부른다.
하여, 채석강은 신의 뜻이 숨겨진 문장으로 이루어진 자연이
다. 바꾸어 말하면, 이는 채석강의 문자들을 읽을 수 있다면
신의 뜻을 알 수 있다는 의미다. 하지만 어떻게 저 문자들을

해독할 수 있다는 말인가? 4연에서 시인은 "선사시대의 어부 한 사람"이 꾼 꿈이 저 문자에 대한 해독의 열쇠가 되었으며 그 "꿈이 구전으로 전해 온 것"을 들은 바 있다면서 이 질문에 답한다. "신들의 예언서"가 언급되고 있는 3연의 내용들은, 바로 그 어부가 꿈에 따라 문자들을 해독한 결과의 일부를 시인이 전해 들은 것일 테다.

그러나 시인은 "신들의 예언서"에 쓰여 있을 "빅뱅의 원초 물질은 어디에서 왔으며 어떻게 일어났는지"에 대해서, 그리고 "웜홀 여행법"에 대해서 말해 주고 있지는 않다.(세계 최초의 인류인 '아르디피테쿠스 라미두스'는 잘 알려져 있다.) 그는 아직 저 채석강의 층암 속에 새겨져 있는 신들의 문자를 해독하지는 못하고 있는 것이리라. 하지만 꿈에 그 해독의 열쇠가 있다는 말은 의미심장하다. 꿈이란 상상력이 자유로워지는 세계 아닌가? 즉 꿈은 시적 세계인 것이다. 그렇다면 시적 상상력이 바로 자연에, 비밀리에 새겨져 있는 신들의 문자를 해독할 수 있는 열쇠가 된다고 말할 수 있을 것이다.

한편, 이 시에서 "웜홀 여행법"이란 이 세상의 공간과 신들의 우주를 연결하는 웜홀을 통해 이곳과는 다른 시공간으로 여행하는 방법이라는 의미로 쓰이고 있는데, 바로 저 엄청난 시간 동안 자연에 새겨졌던 신들의 문자를 시적 상상력으로 해독하는 작업이 '웜홀 여행' 자체라고도 말할 수 있을 것이다. 그렇다면, 이 시집의 제목인 "웜홀 여행법"이란 시공간을 넘나드는 시적 상상력을 통해 여기의 이 세계에 내장되어 있는 신적 세계를 드러내는 법을 의미한다고 할 수 있겠다.

「가이아의 유두─城山 日出」과 같은 작품을 보면, 시인은 일출 현상을 보면서 정말로 신화적 세계를 상상하고 있다. 그런데 그러한 상상이 다음과 같이 에로티시즘을 중심으로 이루어지고 있다는 것이 흥미롭다.

하늘의 신 우라노스가 어둠의 잠옷을 입고
살며시 품고 있는 대지
아직 잠이 덜 깬 새벽, 동이 틀까 두렵다
우라노스의 옷 입는 소리
주섬주섬 들리고, 대지의 신 가이아의
핑크 무늬 슬립, 희번득 희번득 자꾸만 은색으로 변한다
적진을 향한 편대처럼

포구로 돌아오는 고깃배들 잔 물살 일으키며
황금 실크 이부자리를 걷어 내고,
얼마나 그 사랑 깊었던가
참 잘 익은 사과 하나 女神의 둔부를 타고
무당벌레 등처럼 야금야금 넘어온다
城山이 갑자기 붉게 달아오르고

가이아의 유두 같은 일출봉의 여인들
여신의 밤을 기억이나 한 듯
비명 섞인 탄성으로 아폴론에게 경배를 한다

>

새벽달 같은 해를 타고

아폴론이 일곱 줄 리라를 퉁기며 구애를 하는데,

흥에 겨운 님프와 여인들

하루의 탄생을 환호하며 허리 얄랑얄랑

요염한 몸짓으로 한바탕 춤을 추기 시작한다

　　　　　　—「가이아의 유두—城山 日出」 전문

"城山 日出"이라는 부제가 붙은 것을 보면, 이 시는 '성산'이라는 곳에서 본 일출 장면을 희랍 신화에 나오는 인물들의 행위로 유추하여 묘사한 것이다. 이러한 유추 방식은 첫 번째 시집에서도 많이 볼 수 있었던 것인데, 이 시는 성적 상상력이 가미되어 더욱 활달한 느낌을 준다. 이 유추는 단순한 면이 있지만, 단순하기 때문에 독자를 즐겁게 만들기도 한다.

밤은 어둠의 잠옷을 입은 우라노스가 대지의 여신 가이아를 품고 있는 모습으로 현현한다. 새벽이 되면서 우라노스는 가이아로부터 떨어지고 가이아가 입은 "핑크 무늬 슬립"이 드러나기 시작한다. 물론 날이 밝으면서 그 슬립의 색은 은색으로 변할 것이다. 그런데 우라노스와 가이아의 포옹이 떨어지자 새로운 사랑이 시작된다. 일출봉에 서 있는 여인들이 님프들과 함께 춤을 추며 농염한 자태를 띠는 것인데, "새벽달 같은 해"를 타고 나타난 태양의 신 아폴론이 이 여인들에게 구애하기 시작하는 것이다. 이에 화답하듯이, 에로틱했던 "여신의 밤을 기억"하고 있는 여인들 역시 "비명 섞인 탄성으로 아폴론에게 경배를" 하고는 "하루의 탄생을 환호하며 허리 얄랑얄랑/ 요염한 몸짓으로 한바탕 춤을 추기 시작한다".
이렇게 세계의 아침은 에로틱한 사랑으로 가득 차기 시작한
다. 아침의 탄생은 성적인 기대감으로 탱탱하고 발랄하다.

이 시에서 일출이라는 자연현상에 부여되고 있는 신들의
행위들은 너무나 친근하고 인간적이다. 여기서 자연에 내장
되어 있는 신성(神性)은 어떤 유일신의 의지가 아니라 자유롭
게 해방된 인간의 성적 욕망에 다름 아니다. 어쩌면 인간의
성적 욕망은 언제나 억압되어 있는 것이어서 이렇게 해방된
욕망이야말로 신성을 가지고 있다고도 말할 수 있겠지만 말
이다. 한편으로, 그렇다면 이렇게 섹스와 구애가 흥겨울 수
있는 세계야말로 신성의 세계이며 자연 그 자체라고도 말할
수 있을 것이다.

또한 이 시에 등장하는 인간들인 여인들은 이 자연의 신
들과 즐겁게 어울리고 있다는 점에도 주목된다. 그녀들은 님
프들과 어울리기도 하고 허리를 흔들며 아폴론을 유혹하기
도 하는 것이다. 아니, 이 여인들은 신(자연)의 일부다. 이와
관련해서, 「신의 악기」도 재미있게 읽힌다. 여인이 신은 하
이힐이 대리석 계단을 밟으면서 내는 "똑 똑 똑" 소리를 시인
은 가이아 신의 "은밀한 몸을 형형색색 굽으로 두드려" "절정
의 쾌감까지 젖게 하"기 때문에 나는 소리라고 상상한다. 그
런데 가이아를 출렁이게 하는 "제 힐 소리"를 들으면서, 여
자 자신도 자신의 삶이 출렁임을 느끼게 된다는 점에 주목된
다. 이 출렁임은 여성만이 느낄 수 있는 특유한 성감과 관련
된 것이라고 짐작되는데 그래서 가이아와의 깊은 교감을 가

능케 하는 "힐은 여자에게만 주어진 신의 악기"라고 말할 수 있는 것일 테이다.

「불꽃 축제」에서도 시인의 성적 상상력은 분방하게 작동하고 있다. 불꽃의 폭발은 "주체 못할 순간 발산해 버린 오르가슴"으로 유추된다. "저 허공 여성의 몸"이며 폭죽 소리는 그 여성의 몸인 허공이 발하는 교성이다. 이 교성은 백사장의 여인들이 불꽃을 보면서 지르는 탄성이기도 하다. 그러니까 불꽃 축제는 오르가슴이 퍼져 나가는 성의 향연에 다름 아닌 것이다. 어떻게 보면 외설적이라고 할 수 있을 정도로, 이 시는 불꽃이 터지는 모습을 섹스와 성기("로켓처럼 휘파람 소리까지 내며/ 허공 깊숙이 밀고 올라"가는 "사내의 그것"이나 "날선 진홍 꽃잎 문양"인 "미시족 여왕 꽃" 등)를 연상할 수 있도록 묘사한다.

그러나 자연의 신성을 해방된 성에서 찾는 시인으로서는, 성의 향연을 연상시키는 저 축제의 에로티시즘이 외설적이거나 천박하지 않다. 도리어 저 에로틱한 축제는 생의 의욕으로 충만한 아름다움을 보여 준다. 이 축제에 용해되어 한껏 달뜬 여인들도 자연의 신성에 도취된 디오니소스 신도처럼 보인다. 하지만 여기서 시인(시적 화자)은 관찰자의 입장에 서 있다는 것에 주목해야 한다. 시인은 즐겁게 저 세계를 바라보고 있으면서도, 정작 자신은 달뜬 여인들처럼 그 세계에 용해되지는 않고 있는 것이다. 그래서인지, 자연의 풍광 속을 걸어가는 자기 자신에 대해 말할 때에는, 시에서 환희와 경이의 어조는 사라지고 우울한 어조가 짙어진다.

해지는 시간 그가 왜 동쪽을 바라보고 있을까요

그의 정수리 위에 떠 있는, 샛노랗게 익어 가는 달 같은

사과 하나

그가 살아온 사과 어디 티 하나 없는,

50 나이 눈앞에 둔 그런 사과였지요

그의 시선 가 있는 동쪽 산 능선에도

붉은 노을빛 사과 볼 대신 노랗게 물들어 가는 생각들

투명 물속처럼 어슴프레 잠겨 있습니다

어제 그저께였지요 이제 서너 달 뒤면

지천명이 돼 버릴 산기슭을 내려올 때였지요

여기저기 울어 대는 귀뚜라미 소리에

그도 그만 울컥 시큰거리고 말았지요

한 그루의 나무에 수백도 달리는 사과들

언제 한번 검은 반점에 시달린 적 없고

낙과를 우려해 본 일 없는 그, 그러나 그의 갈 길

낙조에 물든 저 먼 발치의 동쪽 산허리처럼 흐릿하게

긴 꼬리 얄랑이며 구물거리고 있습니다

푸른 색조 야금야금 밀어내고

비록 그의 얼굴 당도 높은 자줏빛으로 물들어 가겠지만

그 사과 결국 혼자 떠 있고, 지금 그도

나에게 등 돌리고 정장 차림으로

한참 동안 저렇게 골똘히, 혼자 서 있지 않는가요

—「사과」 전문

이 시의 등장인물인 '그'는 '나'의 분신일 것이다. 이 시에서 3인칭 대명사 '그'는 1인칭 발화자처럼 등장하고 있기 때문이다. 즉 '그'의 1인칭 시점으로 시가 전개되고 있는 것이다. 그런데 '그'='나'는 또한 "50 나이 눈앞에 둔 그런 사과"이기도 하다. 또한 "샛노랗게 익어 가는 달 같은/ 사과 하나"는 지는 해를 가리키기도 하기 때문에, '그'의 얼굴빛은 "당도 높은 자줏빛으로 물들어 가"는 낙조이기도 하다. 그리고 산기슭이 '그'가 눈앞에 두고 있는 나이인 "지천명이 돼 버릴" 존재자로 언급되고 있는 것을 보면, 산기슭 역시 '그'와 동일시되고 있다. 아니, '그'가 서 있는 곳의 주변 풍경 모두가 '그'와 동일시되고 있다고도 말할 수 있겠다.

그래서 "어디 티 하나 없"이 "검은 반점에 시달린 적 없고/ 낙과를 우려해 본 일 없"지만, '그'는 "낙조에 물든 저 먼 발치의 동쪽 산허리"를 보면서 "노랗게 물들어 가는 생각들"에 빠져 있다가 "귀뚜라미 소리에/ 그도 그만 울컥 시큰거리"게 되었을 것이다. 이는 저 낙조가 바로 "그의 갈 길"이 어떠한 것인지 알려 주기 때문일 터, 그것은 이제 붉어지는 단풍처럼, 그리고 결국 낙과를 우려하는 사과처럼 "결국 혼자 떠"서 죽음을 마주하는 나이에 들어서는 길이다. 그런데 이렇게 쓸쓸한 생각에 골똘히 몰두하게 되는 내 마음속의 '그'는 "나에게 등 돌리고" 혼자 서 있는 모습으로 나타난다. 고독과 죽음을 생각하는 또 다른 '나'는, 나에게 낯선 존재가 되어 버린 것이다. 그래서 시인은 그 또 다른 '나'를 3인칭인 '그'로 표현했을 것이다.

이 시에서 서정적 주체와 풍경은 융해되고 있다. 하지만 그러한 융해는 낙조로 나타나는 소멸의 조짐을 불러오면서 서정적 주체에게 고독감과 쓸쓸함을 불러일으킨다. 그래서 시의 어조 역시 우울하다. 더 나아가 시의 주된 서정적 주체인 '그'가 "나에게 등 돌리고" 혼자 서 있음으로써, '나'와 '그' 사이에 거리가 생기고 있다. '나'와 '그' 사이의 거리감은 '그'와 융해되어 있는 풍경과 '나' 사이 역시 소외되게 할 것이다. 그래서 시인은 목욕탕에 혼자 앉아 있다가 나와 뒤돌아보니 물의 표정이 환해졌다고 생각하면서, 물에게 "내가 녹물 머금고 박혀 있던/ 한 개의 못이었거나/ 참 견디기 힘든 무거운 짐이었단 말인가"(「물의 환희」)라고 자조적으로 말하기도 한다. '나'는 저 탕 속의 물에 짐이 되는 대상이 되었을 뿐이라는 인식은, 시인이 대상과 '나' 사이에 대한 소외 의식을 가지게 되었음을 의미한다.

그러한 소외 의식은 「표정학(表情學)」이라는 시에서도 표명된다. 이 시에서 시적 화자는 "그의 표정"을 "읽어 내지 못"한 이후 "나에겐 표정학이란 게 생겼다"고 말하고 있다. '내'가 저 대상의 표정을 읽어 내지 못한다는 말은, 대상과 '나' 사이에 좁히기 힘든 거리나 차단막이 생겨서 '나'와 그 대상 사이가 소외되어 있다는 것을 의미한다. 그런데 시인은 이러한 소외의 이유로 "연못의 물도 그의 마음 훔쳐본다"는 점에서 찾고 있는 듯하다. 예전에 시인은 대상에 시선을 던지는 자기처럼 저 대상 역시 자신에게 시선을 던진다는 것을 알지 못했던 것, 저 대상의 시선과 자신의 시선이 엇갈리고 있다는 것을 알게 된 순간 시인은 "물이 내색하는/ 증오와 혐오의 살갗을 구분할 줄 모"르게 되는 것이다. 「물의 환희」와 연관해서 다시 말한다면, 물이 엄연한 주체로서 자신을 짐으로 보고 있었다는 것을 깨달았을 때, 시인은 이제 저 물의 살갗이 무엇을 의미하는지 구분하면서 파악할 자신이 없어지게 되는 것이라고 하겠다. 시인은 아래의 시에서 이 주제를 더욱 심화시키는데, 그 심화는 모딜리아니가 자신의 연인 잔 에뷔테른을 그린 초상화를 매개로 하여 이루어지고 있다.

> 내가 건물 옥상 테라스에 올라갔을 때다
>
> 그들을 내가 본 것이 아니고
>
> 각진 도시의 윗몸들이 일제히 나를 낯설게 응시했다
>
> 주눅 든 나는 놀랍게도 도시의 눈과 마주쳤다
>
> 그 눈, 모딜리아니가 사랑한 에뷔테른의 푸른 눈
>
> 차가운 도시의 살과 근육 사이로 나 있는 길,
>
> 길이란 언제나 성스럽다
>
> 그 길 양 가에 들어선 도시의 예리한 뼈가
>
> 수직으로 서 있고, 그 수직 날카로우면 날카로울수록
>
> 도시의 눈은 한결 더 파랗게 반질거린다
>
> 비록 외눈박이 작은 눈
>
> 지금은 어디론가 떠나가는 배 보이질 않으나
>
> 문장의 행 같은 이야기들 하얗게 주름져 다가오고,
>
> 왜 내 초상화의 눈망울에는 눈동자가 없나요
>
> 아직 내가 당신의 영혼을 사랑하지 않는가 보오

정말 저 쪽빛 도시의 눈에도

눈꺼풀 같은 수평선만 가물거릴 뿐,

눈동자가 보이질 않는다

그래 나 역시 저 눈망울에 젖을 줄만 알았지

때론 저 푸른 눈에 눈물방울이 맺힐 수 있다는 걸

내가 싹으로 자란 양수 같은 저 눈,

아직 나도

저 눈의 아득한 깊이를 진정 모르고 있나 봐요

—「모딜리아니의 푸른 눈」 전문

「가이아의 유두」나 「불꽃 축제」와 같이 이 시에서도 공간의
양태가 몸으로 비유되고 있다. 이 시의 배경 공간은 도시다.
시인은 이 공간을 "도시의 살과 근육"이라든지 "길 양 가에
들어선 도시의 예리한 뼈", "더 파랗게 반질거"리는 "도시의
눈" 등 인간의 몸처럼 존재하는 것으로 표현한다. 이러한 비
유 방식은 이 시집의 여러 시편들에서 볼 수 있다. 일출을 출
산으로 비유하면서 "저 허공의 뼈와 인대, 근육과 살은 통증
으로 얼마나 울었을까"(「눈물의 색깔은 주홍이다」)라고 시인이 말
하고 있는 것이 그 한 예다. 이를 보면, 이초우 시인의 첫 시
집에서는 활유법이 주된 특색을 이루었다고 한다면 이번 시
집에서는 공간 자체를 활동하는 몸으로 과감하게 치환하고
있다는 점이 특색 중의 하나라고 말할 수 있겠다.

여기서 공간을 채우고 있는 사물들은 살이나 뼈, 근육과
같이 몸을 이루고 있는 부분들로 치환되어 표현된다. 시인은

공간을 살아 있는 몸으로 치환함으로써, 저 물질적 대상이 정신과 의지, 그리고 욕망을 가지고 행동하는 주체라는 것을 드러내려고 한다. 저 '성산'은 성적 욕망으로 붉게 달아오르고, 목욕탕 속의 물은 '내'가 탕에서 나오자 몸에 박힌 못이 빠져 시원하다는 듯 표정을 짓고 있는 것이다. 그러니 그 대상들은 엄연한 주체로서 나를 바라보고 있는 것, 위의 시에서도 "내가 건물 옥상 테라스에 올라갔을 때" "각진 도시의 윗몸들이 일제히 나를 낯설게 응시"하고 있는 것이다.

저 '나'를 응시하는 "도시의 눈"과 마주쳤을 때, 시인은 낯섦을 느끼는 동시에 그 눈에서 "모딜리아니가 사랑한 에뷔테른의 푸른 눈"을 떠올린다. 모딜리아니가 그린 에뷔테른의 초상화 중에는 에뷔테른의 눈망울에 눈동자를 그리지 않고 그냥 푸른색으로 칠한 것도 있고 아예 흰색으로 칠한 것도 있다. 즉 그 그림들에서 모딜리아니는 에뷔테른의 눈동자를 그리지 않은 것이다. 그런데 "저 쪽빛 도시의 눈에도/ 눈꺼풀 같은 수평선만 가물거릴 뿐,/ 눈동자가 보이질 않는다"는 표현을 보면, 곧 '나'를 응시하는 도시의 눈은 초상화 속 에뷔테른의 눈망울로 치환되고 있음을 인지할 수 있다. 그렇게 도시는 에뷔테른의 몸으로서 현현한다. 그리고 '나'는 에뷔테른의 눈처럼 젖어 있는 도시의 눈망울이 자신이 "싹으로 자란 양수"였음을 깨닫는다. '나'는 그 촉촉한 도시의 눈망울에 젖어 들면서 살아왔던 것이다. 하지만 '나'는 지금 저 '나'를 응시하고 있는 도시의 눈에서 눈동자 없는 에뷔테른의 눈망울을 볼 때처럼 여전히 낯선 느낌을 받고 있다. 시인이 고백한

바, "저 눈망울에 젖을 줄만 알았지" "저 눈의 아득한 깊이를
진정 모르고 있"기 때문이다.

시인이 '나'를 응시하고 있는 도시의 눈에서 느끼게 된 깊
은 감정을 표현할 수 있었던 것은, 도시 풍경을 모딜리아니
의 에뷔테른 초상화와 중첩시켰기 때문이다. 시인은 저 낯설
면서도 쓸쓸한 도시 풍경이 '나'를 응시하는 듯이 보였을 때
의 느낌을, 그림 속 에뷔테른의 텅 빈 눈으로 표현하여 구체
화했다. 그림이 풍경과 중첩되면서 풍경은 그림에서 느끼게
되는 감정의 깊이를 획득하게 된다. 하여, 이초우 시인에게
그림은 저 풍경을 보는 매개체가 되는 데서 더 나아가 또 다
른 눈이 되어 준다. 그래서 이 시집에는 그림에 대한 시가 많
은 것일 테다. 이 또한 이 시집의 주된 특색인데, 어떤 한 시
집이 이렇게 시와 미술 작품의 교차를 풍성하게 보여 주는 예
도 많지 않을 것이다.

이 시집에서 주소재가 되고 있는 미술 작품은 모딜리아니의
작품을 포함하여 한국 작가인 이종빈의 「나는 아버지를 본다」,
김성룡의 「소녀」, 마우로 스타치올리의 「일신 여의도91」, 이
중섭의 「달과 까마귀」, 브로프스키의 「망치 치는 사람」, 추사
의 「세한도」뿐만 아니라 「에밀레종」이나 「수월관음도」와 같
은 유물도 있다. 이들 작품들의 제목은 대개의 경우 시편의
제목이 되고 있는 것을 보면, 그 작품들은 단순히 시구 차원
에서 인용되는 것이 아니라 시의 주제와 직결되는 소재가 되
고 있음을 알 수 있다. 이뿐만 아니라 어떤 시편에서는 추사
의 서체나 안드로베루아의 7분짜리 단편영화도 시의 주소재

가 되고 있다. 특히 고흐의 작품들은 즐겨 호출되고 있어서 주목된다. 고흐의 작품 중 세 편이 다루어지고 있는데, 「슬픔」「뒤집힌 게」「까마귀가 나는 밀밭」이 그것이다. 특히 「까마귀가 나는 밀밭」은 「지평선」과 「영혼의 길」 두 편의 시에서 주소재가 되고 있다. 이는 시인이 고흐의 작품, 특히 「까마귀가 나는 밀밭」에서 많은 감명을 받았다는 것을 알려 준다. 「영혼의 길」 전문을 다시 읽어 본다.

그 길은 신의 가랑이처럼 나 있다

가랑이 사이로 시무룩하게 돌아앉은 교회의 뒷모습, 팔월의 풀잎들 시들어 가고,

신의 오른쪽 다리, 그가 가야 할 길인가 우람하게 튀어 오른 무릎, 하지만 종아리부터의 그 길 어쩐지 불구처럼 왜소하다

왼쪽 허벅지 위에 사뿐사뿐 걸어가는 예복 차림의 여인, 그에게 시커먼 화상만 입히고 가 버린 사촌 누이의 뒷모습인가

검은 증기기관차가 뭉클뭉클 내뱉은 연기들, 회오리치는 그의 혼처럼 역동적이다 하지만 기관차완 정반대로,

빈 수레 같은 마차 한 대 외롭게 지나간다 어깨가 불거지도록 지친 듯 뛰고 있는 말,

까마귀가 나는 밀밭에는 길 셋 있다

길가에 나 있는 풀잎들 그 길의 생명

왼쪽에서 내리쏟는 가파른 짧은 길, 그가 살아온 마지막 십 년 푸른 불길 같은 무성한 풀숲,

가운데로 나 있는 길, 아무것도 줄 게 없어 이 길 하나 주었을까 길 양쪽 두툼한 초록 선, 동생 테오의 부부가 함께 가는 길, 하지만 그 길 구부러지고, 밀밭이 끝나기도 전에 보이질 않는다

오른쪽으로 뻗어 있는 미지의 길, 그가 가야 할 길이다 초록이라고는 보이질 않는 비포장도로 다만 그 길 가운데,

푸른 도마뱀 같은 초록 한 마리, 그에게 뭘 전하러 뛰어오는 걸까 구물구물 빠르게 역주행해 오고 있다

영혼이 떠나가는 길은 오른쪽인가
까마귀들 날아간 길도 오른쪽으로 상승하는 하늘 길이다
—「영혼의 길」전문

「모딜리아니의 푸른 눈」과 마찬가지로 이 시 역시 고흐의 그림 「까마귀가 나는 밀밭」을 보면서 읽어야 한다. 특히 3연을 읽으려면 그러하다. 자살 직전에 그린 이 「까마귀가 나는 밀밭」은 고흐의 마지막 작품이다. '까마귀'가 불길한 동물이라고 할 때, 이 그림을 그리면서 고흐는 자신의 죽음을 예감했을지도 모른다. 이 그림에는 길이 세 갈래로 나뉘어 있다. 오른쪽과 왼쪽의 길은 화면 밖으로 빠져나가고 있고 중앙의 길은 그림 윗부분의 지평선을 향해 나가고 있다. 그리고 지평선 위 검은 하늘에는 까마귀가 날고 있다.

시인은 고흐의 영혼이 이 세 길 중 어떤 길을 가게 되었을까 묻는다. 보통 우리는 까마귀가 날아다니는 검은 하늘 밑 지평선으로 향한 중앙의 길로 갔을 것이라고 추측하게 되는데, 독특하게도 시인은 오른쪽 길로 갔을 것으로 추측한다. "초록이라고는 보이질 않는 비포장도로"인 그 길은 "그가 가야 할" "미지의 길"이며, 까마귀들도 오른쪽으로 날아오르고 있는 하늘 쪽을 향하고 있다는 것이다. 이렇듯 시인은 그 오른쪽 길이 비포장도로라는 점을 포착하고 까마귀가 나는 방향과 오른쪽 길의 방향이 일치되어 그림 밖에서는 두 궤적이 만날 것이라는 것을 밝혀내면서 그림을 해석해 내고 있다.

그런데 여기서 주목되는 바는, 시인의 그림에 대한 독특한 해석만이 아니라 그림이 고흐의 영혼을 비추어 주는 창이 되고 있다는 점이다. 이 창은 다시 시인의 영혼으로 향해 시인의 내면을 바라다볼 수 있는 또 다른 눈이 되어 줄 것이다. 「모딜리아니의 푸른 눈」에서 그림은 바깥의 풍경과 중첩되면서 시인의 영혼과 풍경을 이어 주고 있다면, 「영혼의 길」에서 그림은 안쪽을 향하면서 시인의 내면을 바라다보고 비추어 낸다. 그리하여 이제 그림은 시인이 자신의 영혼을 바라다보고 반성하는 매체가 될 수 있게 되며, 그래서 시인은 그림을 통해 자신이 가야 할 길을 사유하기 시작한다. 이를 보여 주는 시가 「수월관음도(水月觀音圖)」가 주소재가 되고 있는 「물방울」이다. 역시 전문을 인용한다.

어디든 길은 있기 마련이다

버들잎 속에도 영혼이 오가는 길 있고
낙하하는 저 물방울 신비로운 길을 안고 내려온다

선재동자(善財童子)가 거울 같은 물방울을 올려다보고
두 손 모아 간절히 길을 묻는다
약간의 어둠이 뿌옇게 내려앉은 대낮의 차창
무수히 뿌리내린 물방울 장막이다
몸집 큰 물방울 하나 쭈르르 미끄러져 내린다
하지만 아직 길은 트이질 않고,

왼손엔 버들가지를, 오른손엔 정병(淨瓶)을 든
저 물방울 속 관음보살
갈등 많던 소년 시절
천 길 벼랑을 뛰어내린 나를, 또 다른 내가 바라보며
바닥에 떨어질 때 조마조마 어떻게 되나 하고,
하지만 번번이 실금 하나 가지 않은 날 보고
스스로 아휴!

또 다른 내가 길을 틔우려 휙, 또르르 뛰어내린다
아직도 선재동자가
저 아기집 속 보살 제 자신인 줄 모르고
엎드려 경배하고
젖은 눈망울로 간절히 길을 묻고 있다

—「물방울」 전문

"약간의 어둠이 뿌옇게 내려앉은 대낮의 차창" 밖으로 비가 내리는 풍경과, 선재동자가 관음보살을 만나서 그에게 "두 손 모아 간절히 길을 묻는"『화엄경』속 한 장면을 그린 「수월관음도」의 도상을 중첩시키면서, 이 시는 선재동자처럼 "아직도" "젖은 눈망울로 간절히 길을 묻"는 시인 자신의 영혼을 드러내고 있다. 이 드러냄은, 선재동자의 그림 속 모습이 "갈등 많던 소년 시절/ 천 길 벼랑을 뛰어내린 나를, 또 다른 내가 바라보"았던 기억과 오버랩되면서 이루어질 수 있었다. 이 오버랩을 통해 선재동자와 시인이 동일화되고 있기 때문이다.

시인이 차창 밖 비 내리는 풍경에서 「수월관음도」를 연상하게 된 것은 차창에 "몸집 큰 물방울 하나 쭈르르 미끄러져 내"리는 것을 보면서였을 것이다. '수월관음도'라는 제목은 관음보살이 달이 높이 뜬 물가의 벼랑 위에 앉아서 선재동자에게 설법했다는 데에서 비롯되었다고 한다. 대부분의「수월관음도」에서, 관음보살은 큰 물방울 같은 광배(光背) 속에 앉아 있으며, 그를 두 손 모아 올려다보는 선재동자의 머리도 물방울 같은 광배로 감싸여 있다. 차창에 흘러내리는 큰 물방울을 보면서 시인은 「수월관음도」의 광배와 그 물방울을 중첩하여 생각하게 되었을 것이며, 또한 "낙하하는 저 물방울 신비로운 길을 안고 내려온다"는 생각으로 나아가게 되었을 것이다. 이 생각에 따르면, 저 빗방울은 관음보살의 설법이 표현된 광배와 같은 것이며, 그래서 저 빗방울은 설법(진리의 길)을 신비롭게 "안고 내려온다"고 말할 수 있는 것이다.

비 오는 풍경과 중첩된 「수월관음도」의 도상은 시인의 내면적 영혼을 비추어 내면서 시인을 기억과 반성으로 이끈다. 이제 그림은 풍경과 시인의 영혼을 융합시키고, '영혼의 길'을 신비로운 진리("저 아기집 속 보살"이 선재동자 제 자신이라는 진리)로 이끄는 매체가 되는 것이다. 도(道)로 이끄는 그림. 여기서 시인은 동양의 전통 예술 작품에 천착하면서 동양적 사유의 길로 전환해 가고 있는 듯이 보인다. 이 시집에서 주소재가 된 작품들은 서양의 조형 예술이었던 것이다. 한국인의 작품 역시 서양미술이었다. 자연현상으로부터 유추한 신화 역시 가이아나 아폴론과 같은 서양의 신들이 등장하는 이야기였다. 이 신화에 기초한 에로티시즘 역시 서양적 사유에 기초한 것이었으며, 그가 사색의 바탕으로 삼은 예술 작품 역시 서양의 것이었다. 하지만 위의 시에서 시인은, 이제 "아직 길은 트이질 않"은 영혼의 진리를 동양의 불화(佛畵)를 통해 찾고 있다. 이를 보면, 이초우 시인이 다음에 보여 줄 시세계는 이 불교적 탐구와 구도의 길이 될 것 같다는 추측을 하게 된다.